感情の向こうがわ

武術家と精神科医のダイアローグ

光岡英稔
名越康文

国書刊行会

はじめに

邂逅。老師と会うたびになぜかこの二文字が想起される。そして口の中で何度か呟いてみるうちに、まさにこの響きに近い感情が湧いてくる。しかし邂逅という言葉は、実際の老師と私の交友の年月を表現しているとは言えない。

自分の人生の中に確からしい時間軸を持たない私は、老師との出会いがいつであったか判然としない。多分二十年は経つのではないだろうか。古い記憶はふたつある。ひとつは池袋のコミュニティ・カレッジに甲野善紀先生と老師との交流稽古に行ったときの記憶だ。まだ三十代になったばかりくらいの光岡老師が技を披露するとき、「あ、それは私が受けましょう」と、不意に先生が立たれたのだった。

数々甲野先生の稽古会に伺わせてもらっていた私は即、これから何か稀なことが起きるということだけは感じ取った。かくして先生が老師の前に対峙され、老師の両腕が動いた瞬間、先生の身体がまるでゴム毬のように教室の天井近くまで跳ね上がったのだった。浮き上がった先生はフワリと着地された。「こんな事が出来る人は今の日本に、ちょっと他に見当たらないでしょう。少なくとも私は、見たことも聞いたこともありませんよ」という先生の言葉がいまも記憶に残っている。

もうひとつはやはりそのお二人の地方の稽古会が終わった帰りに、参加者が二人を囲んで茶話会をしようということになったときのことだ。カフェに着いて光岡老師のあとから同じテーブルの対面の椅子についた私が、悠然とソファに座られる老師を見て思わず、まるで仁王様のようですね、というや否やその場でムクっと立ち上がられ、おもむろに両手を広げてまさに仁王のごとく闘気を発せられたのだった。そのとき私には老師の体が二倍に膨らんだかのように見えた。

老師とはそれ以来年に一、二度お会いするような関係が続いたと記憶しているのだが、なぜか私の中では回数で計れない深いご縁、近しさを勝手ながら感じていた。それがなぜなのか私にもわからない。私自身が格闘技好き、プロレス好きであるということや、大学時代に空手を二年ほど経験したり、英信流の居合道場に三年間足繁く通ったりしたことが多少は影響しているかもしれないが、その程度のことでこの稀代の天才に親しみを持つということは許されないし、実際にありえない感情である気がする。あえて言葉にするならば、私は老師を中世の有名な絵師が描いた掛け軸か、襖絵のような距離感で見ているような気がするのである。それがおそらく冒頭で述べた「邂逅」につながっている。いつあってもそこで偶然目に入った一枚の見事な絵のように存在する身体。そのような距離感で感じ取れる人物にそうそう出会うことはないはずだ。

さて本書のことを私は、画期的な本であると感じている。なぜおこがましくもそう言えるのかというと、自分自身が本書の中で特に何をしたわけでもないからである。私が請け負ったのは、ただただ光岡英稔という武人の身体の中で起きている稀有な感覚経験をそのまま世に問うてもらうための、つまり深淵から陽のあたる世間に通じる渡り廊下の敷物のような役割であり、それがうまく果たせていればと念じているばかりなのだ。

ここでいう感覚経験とは一般的な感覚の意味ではない。野口裕之先生（整体協会、身体教育研究所所長）が追究されている内観的な技法に基づく、厳密な身体知に他ならない。それを換言すれば瞑目の身体知とも言えるかもしれない。つまり視覚に頼らない、視覚以外の能力で構築された身体認識と、その体系という意味である。

我々現代人は世界や自己など、あらゆるものを認識するとき、知覚の中でも特に視覚に依存している。これはおそらく近代になってからのことなのだろう。たとえばほんの百年も遡れば都会以外の世界の夜のほとんどは闇であっただろうし、さらにあと百年遡れば、おそらく日没以降のほぼ九九パーセントの空間は闇が支配していただろう。日中でも木陰や家屋の奥の間、蔵、などは視覚をほぼ使えない領域だったのではないか。もはや我々はそのような自然光のみの世界を想像することすら困難な日常を生きているが、人間の歴史、ましてや生命の歴史のほぼ全てはその喪失した世界の中にあるのだ。闇の知覚を知らぬ限り、おそらく身体がもつポテンシャルを真に理解することはできないのだが、一方で、我々近代人が人類史の中で特筆すべきほど過剰に、そして自動的に物事（それが目前にないもの、つまり想像の世界の事物であったとしても）を視覚的にとらえてしまっているということもまた想像できることではないか。

内観という身体技法やそれに基づく感覚経験、さらには老師が時折使われる「体認」という言葉が示す世界観は、この近代という偏りから我々を解放する可能性を秘めているが、ことはそれだけでは当然終わらない。これら広い意味での感覚経験が指し示すフィールドは、現代の常識をはるかに超えてゆく時間と空間の世界を展開することになるだろう。それは我々の知性や理性を、しばらくは混乱の淵に導くのかも知れない。

なぜなら単純に言って、そこで経験された内容を言語化することは、極めて微妙で難しいことだし、かろうじて表現されたものは、これまでの修辞を無視してしまったり、現実を把握するための秩序を破壊する恐れすらある。私はその混乱を愛する者であるが、そうではない向きもあるだろう。しかしその混乱を承知の上でも、この新しい身体知の世界に足を踏み入れる価値が我々にはあると、私は確信している。

精神科医　名越康文

感情の向こうがわ——武術家と精神科医のダイアローグ⦿目次

第一章　コロナが明かした時代の無力さ

光岡　何から話すとなってもやはり欠かせないのはコロナでしょう。コロナに関しては、「本当にコロナは実在するのか」や「デタラメだ」と言う人から、闇雲に恐れて武道家でもマスクをつけて稽古している人までいて。まあ武道家については呆れるばかりですけれど。

地方へ行くと「テレビでそう言われているから」をまともに信じている人もまだまだいます。〝まとも〟について言えば、テレビに出ている公人の医者で真っ当なことを言っているのは名越先生以外いないでしょう。

名越　それこそ僕はテレビに出ているわけですけど、ワクチンができた頃にこう言ったんです。「ワクチンを打てばいろんな利得があるでしょう。一方でこれから三年、五年、七年後に何が起きるかはわからない。七十億人の中で断言できる人はいまのところ誰もいない。そのことは皆さん当然のこととしてわかっておかないといけない」

光岡　当たり前のことですね。いまだかつてない形での後遺症や副作用が数年越しで出てくるでしょう。

名越　そう。こんなことは僕が言うまでもなく当たり前のことだよねって思ってのことやし、わざわざコメンテーターが言うことでもない。

僕は反体制的で反社会的なことや誰かと対抗しようというのは、仏に阿弥陀、大日如来に誓ってこれっぽっちも本当にないんです。ただ番組中に話を振られて、そういう空気になったので「長期的には何もわからないということは頭に入れておいた方がいいですよね」と、教科書に赤線ひくみたいに言っただけのこと。

ところが、当然中の当然を蛇足で言ったつもりのことなのに、知っている限りで言えば、僕以外の医療クラスターと呼ばれる人は誰もいまだに言わないまま。不思議やね。

不都合な事実と現実世界

光岡　私の門弟でアンディさんという人がハワイに住んでいるんですけど、彼のガールフレンドの友達がワクチンを打って死んだんです。臓器機能停止です。もちろん「ワクチンが死因」とは口が裂けても医療機関側は言えないです。アメリカでは最低わかる範囲だけでも一万三千人ほど死者が出ているらしいけれど[*1]、その事実は誰も言わないんです。

名越　アメリカでも科学的なことにイデオロギーが入り込んでいるんですか。

光岡　医療も産業ベースの医療ですからね。名越先生は現場にいたからわかるでしょう。たとえば鬱《うつ》の治療には鬱病の薬をどれだけ生産して売るか。それが資本主義産業である製薬会社のビジネスの成功となるわけですから。医療業界としてはＰＣＲと今回のワクチンほど儲かったことがない。

名越　人はわりと気軽に世間を騒がすような事件が起きたときに限らず、「まあお金が絡んでますからね」という言い方をするじゃないですか。でもコロナに関してはそれを言う人はほんまに少ない。

光岡　禁句なんですか？　二〇二一年のファイザーの売上高だけでも三百六十八億ドル（約四・二兆円）で米国とＥＵのシェアは七〇パーセントだそうですが、それが話題として上がらないんですか？

名越　そんなこと言うととんでもないと眉をひそめられると思われるという恐怖があ

る、というかむしろ自分がいちはやく眉をひそめるがわになる方が多いと思います。世の中が強烈な同調圧力に支配されている中でそれに外れたことを言うのはためらわれる。日本人はそういうところになると本当に弱い。そして一丸となるという意味では塊として強い。およそ知性のかけらも感じませんけれど私は。しかし恐らく大半はこの話自体をけがらわしい言語道断なことと正に断じるのでしょう。そう同調圧力ってかなりの部分言語道断としてとらえられると思います。

光岡　シナジェティクス研究所の梶川泰司所長[*2]が、コロナ前後の世の中のお金の動きがどうなっているかをマッピングして見ていたそうです。それによると、ＩＴに流れていたお金がコロナを機に医療業界に引き戻されたそうです。主に医療、ＩＴのふたつの産業のお金の流れを見ていたそうですが、コロナで一気に製薬会社を中心とする

＊1　https://medicalkidnap.com/2021/04/25/urgent-5-doctors-agree-that-covid-19-injections-are-bioweapons-and-discuss-what-to-do-about-it/

＊2　一九五一年生まれ。高校中退後、アメリカの数学者・建築家バックミンスター・フラーの『シナジェティクス』にふれる。シナジェティクスとは、バックミンスター・フラーが提唱した独自の概念であり学問体系。幾何学的なアプローチでこの宇宙の構成原理であるシナジーを包括的に理解しようとする学問。

医療産業へのお金の流れ、その増え方はいまだかつてないほどになりつつあるそうです。

名越　それ株をやっているからなんとなくわかります。でも、またお金は戻って来ていますよ。これはまずいぞとじっと待っていたら株価は戻って来ました。

光岡　Zoomとかネット配信でＩＴも潤うようになっています。これはあくまで私の勝手な見方ですが、目に見えない世界経済戦争が政界（軍事産業）と医療業界（医療産業）とＩＴ業界（ＩＴ産業）で行われている。この三者がどれだけお金を引っ張れるかで遣《や》り合っている。だけど三者は共生関係でもあるので、一方は他のふたつがないと成り立たない。いまの世の中で起きている最も大きな戦争の形態はもう既に国家と国家の間にはなく、業界と業界の間で起きている。

名越　そんな議論も含めて、みんなあってもいいと僕は思ってます。あっていいと思うけれど、みんなが自分の不安を正当化して科学と呼んでいるうちは、本当の科学精神、つまりものごとを検証する精神は機能しない。それで「あれはもう頭おかしい」と見做《みな》されてしまう。それがあんまりおもしろくない。そんなこと言い出したら「月刊ムー」は存続できないでしょ？（笑）　いろんなものの見方があるし、数字を持ち出して反論する人も出てくる。それが真実か捏造か僕たちには知る由がない。

光岡　陰謀論と真っ当な批判の分岐点はどこかとなったとき、ひとつわかるのは、大多数の私たちが論点のベースを持ってないということ。誰しも現地に行って見たわけでもないし、現場にいたわけでもない。みんなの現実の規範はテレビ、新聞、ネットなどから与えられた情報のみで、それを大部分の人たちが鵜呑みにし、自動的に受け入れ、その〝与えられた情報〟を規範に真実云々を語ろうとします。その情報の真偽を問う感性や感覚は人類規模で尽《ことごと》く劣化しつつある故に、更に何が真実か読めなくなっている。

名越　だから僕はあえて真実かどうかは言ってないし言う気もない。ただ現象としてあるのは、何が今後起きるかわからないということ。当たり前のことであって、反旗を翻しているわけではないんです。

ただ、鼻をつまむような議論もあっていいと思ってます。それと区別して論じたらいいんだけど、「とんでもない」みたいな感じで怒りと嫌悪を持って迎えられ、烙印を押されて終わり。そうなる背景のひとつには、子宮頸癌のワクチンをめぐる一連の経過の影響もあるのかもしれません。エビデンスのないさまざまな議論で「危険だ」と言われ、封殺された。「そういうワクチンは打ちません」という人は別にしてですよ、本来打った方がいい人まで風評で打たなくなったという認識がある。それは非科学的なことで庶民に対してものすごく不利益を被らせてしまったということになっているのですね。あの事件がいまのワクチンをめぐる大きな議論のひとつの支柱になっている気がします。

ただし、いま言った言説もある文化というか前提の上に立つから成立する議論で異なる価値観の体系も成り立つと僕は思っています。つまり前述のストーリーの流れが、ワクチンとは風評に左右され、それによって人類は不利益を被るという〝偉大〟な訓話を生んだということです。

光岡　それって情報のソースやその真偽を一人ひとりが調べたらいいことではありますよね。

名越　そうですよ。だけど庶民は調べない。調べるツールを持っていないし、調べる努力をしない。もっと言えば知的好奇心が限られている。確かにそうかもしれない。

けれどね、僕はだからダメだというような考え方が個人的には大嫌い。どんなに調べない人がいたとしても、すべての情報について開示されるべき。人を揶揄したり攻撃するような情報は嫌ですよ。客観的とされる情報は開示して、一時的に民衆の中で混乱が起きても、それは歴史の必然だと思ってます。

光岡　私もそう思います。もっと皆には混乱して欲しい。この状況でありながら混乱しないということは、大なり小なり共同幻想のもとに全体主義化しているということでしょう。
ワクチンの必要性については、状況から捉えて行けばわかることのはず。少なくとも武術を稽古する立場からしたら、それが読めなかったら武術家としてはアウトでしょう。

名越　自分の頭で考えないから混乱しないということはあるでしょうね。この頃、巧妙になっていて「ワクチンを打つのは自由。でも打たない人は人を危機に陥れる」と言い始めてます。

光岡　エリック・クラプトンが言ってますが「他の人のためにワクチンを打ちましょうというのがプロパガンダなんだ」と。ＰＣＲ検査法を作ったキャリー・マリスの論文を読んだり彼のアーカイブを見ればいいんですよ。ＰＣＲを作った本人が「ＰＣＲ検査法、これでウイルスの特定はできない」と言っているんだから。なのになぜかＰＣＲ検査陽性反応者＝新型コロナウイルス感染者だと思い込んでいる。

より巧妙なマトリックスの世界

名越　みんなのために打ちましょうって、真に危険な言説をはらんでいる、いやはらみ過ぎていて、ヘラヘラとかわいた笑いがもれてしまうくらいなんです。個人的には。でも我々は平気で自らの尊厳を手放してしまう。まぁ哲学だって思想だってその程度のものだった。

いやかつては現実性をもっていたと確信しますがいまやすべて、三流のお稽古事ですね。

光岡　経済が動けさえすればいいんですよ。最終的に余ったワクチンは国が買ってくれるわけだから。

名越　昔は政治と軍事と産業が一体化されているみたいな言い方がされてました。敵にも味方にも最新鋭の武器やお金を貸付けて弱ったところで植民地にするみたいな。でも、この頃は「軍薬産業」というらしいです。

光岡　すでに軍事による植民地化は限界があります。次の手段として産業としての薬と医を用いるのはわかります。兵法的にもそうするかと思います。

名越　曲解かもしれませんが、軍事は基本的に土地と結びついているでしょう。国境をどこにするかで争っていたわけです。でも、テロとの戦いでそれがわからなくなった。タリバンとの戦いも一年くらいもつかと思ったらあっという間に首都が陥落した。軍産体制にはもうフロンティアはない。

僕は最後のフロンティアは宇宙ではなく身体やと思うんです。実際、身体を操作したり、更新したりすることが産業の欲望の対象になっている。

光岡　そういう意味ではＳＦの方が先見性がありますよね。たとえば『マトリックス』がそう。人間は社会構造のインフラ、電池として存在する。そのことに誰もがマトリックスの中にいるから気づかないだけ。いま起きているのは、映画のマトリックスよりある意味凄いマトリックスの夢の世界の多重構造化。

映画ではマトリックスの中が非現実で機械が支配している。それに反逆する人類がザイオンに存在している、もし私がマトリックス側だったら「現実と非現実」といった単純な二項対立にせず、人類が機械から自由になりプラグを外し人類が機械と戦ってザイオンが勝ったストーリーのマトリックスを作っておく。要するに、自分たちは自由になり機械からの支配に打ち勝った物語を夢みられるようにしておきます。このようにマトリックスを多重構造化すれば、ある真偽の中で別のマトリックスになっているから真実に辿り着かない。いまもその悪夢の中にいるようなものですが。

名越　まさに多重の袋小路のような構造です。これを前世紀までは絶望と呼んだのでしょう。でも、それでみんなが食べられているからいいじゃんみたいな話になるんでしょうね。

光岡　そうそう。マトリックスの中ではステーキなどの自分の好きなご馳走を食べていても実際はカプセルの中で栄養補給されているから、メタファーが違うだけで現状の社会も既にああなっている。というか多重構造化に近いマトリックスの中にみんなが存在している。

名越　マトリックスから出たときに荒涼とした大地が広がっているわけです。ほんで外に出るのか。このまま養われるのか。映画では、主人公は荒野に出る選択をする。でも、あれあまり説得力がないよね。だけど僕らはそこに安心できるんです。『トゥルーマン・ショー』みたいにその世界から出ることで、ああ人間性ってのは主体性にあるんだと。でも、ちょっと〝かまし〟が足りない。

最大多数の最大幸福とは？

名越　ある時期から世の中でいちばん不幸な人はＰＣＲを作った人じゃないかと思ってます。自分が教えたことが全く曲がって人に伝わる。すごくつらいことですよ。というより僕はこれであるかないかより、これは人のコミュニケーションの中で常におきている典型であることに注目しているのですが。

光岡　ＰＣＲ検査法を作ったキャリー・マリスはコロナ騒動の直前に亡くなりました。彼が生きていたら必ずいまの現状に反対していたし、ＰＣＲ検査はコロナを絶対に特定できないと断言したでしょう。もし謎の死を遂げず生きていたら製薬会社にとって最も目障りな存在だったでしょう。一応、公式には死因は心筋梗塞になっていたかと思いますが、実際のところは死因は謎です。

名越　彼の死がたまたまコロナ騒動の前にあったわけだけど、それも含めてあらゆることは歴史において起こると思っています。その確信を持ったのはフォン・ノイマン[*3]の伝記を読んだからなんです。

当時のハンガリーではある種の知的爆発が起きていた。ブタペストには何人もの世

＊3　一九〇三年―一九五七年。ハンガリー生まれの数学者。量子力学、ゲーム理論、計算機科学、気象学など多岐にわたる分野で業績を挙げ、原子爆弾やコンピュータ開発への関与でも知られる。

界的な天才が現れた。その中にはユダヤ人もいてナチスの迫害を恐れて彼らは逃げる。亡命先のひとつがアメリカでのプリンストン高等研究所。あらゆる天才が集められ、とにかく研究以外の義務はほとんどない。

ノイマンが悪魔の科学者と言われたのは、原爆の理論を作った人でもあるから。のちにロシアで原爆が作られる状況になったんですけど、なんでかというとノイマンの同僚だったフックスがソビエトのスパイだったんです。どんなことでも起きうるんだと、それ読んで思いました。ノイマンは「モスクワの近辺に原爆を数十発落とせ」と激しく主張していた。

どんなことでも起きうると考えたとき、悪魔の科学者は、なぜモスクワの周りに原爆を落とせと言ったのか。単なる狂信者とは思えない。何か凄まじいビジョンを持っていたからそれだけの殺戮をしろと言ったのではないか。彼には軍事的な才能もあった。どういうディストピアを彼は描いたのか。

光岡　名越さんならどう思いますか。

名越　低いレベルで言えば、世界でいま勝っている国はファシズム的な国です。一党独裁の国が経済的にもコロナ対策においても勝っている。民主主義は完全に負けていると目されている。では、どうすることが正しいのか。一応はなんでも言っていいは

ずの民主的な社会すらさまざまな心理的抑圧をうけ、個人は息も絶えだえになってい
て危ういものです。

光岡　そういう意味では、今回のコロナ騒動に関しては政治思想がリベラル（自由主
義）な人たちほど徹底して腰が砕けてしまって最悪でした。日本のリベラルもアメリ
カのリベラルももちろんダメです。ただアメリカは州によって法律が違うから事情も
異なる。先述したアンディさんは武術の指導でバイデンのお膝元のカリフォルニアへ
行ったら、みんな何処でもマスクしていた。その後に家族でミズーリー州へ旅行に行
ったら、誰もマスクをしておらず、唯一マスクをしていたのはウォルマートとかスタ
ーバックスなどの全国チェーンの店員たちだけでした。

名越　僕は自分がリベラルだと思っているんです。むしろ、僕こそがリベラルだと。
そう言っても何の反応もないけどね。いわゆる日本で言うリベラルは少しもリベラル
とは言えない。

光岡　自由主義たるリベラル派のいう「最大多数の最大幸福」を目指すのが民主主義
だとします。全体の幸福のためにはワクチンが必要という発想になるのだとして、じ
ゃあんなに大事にしていた自由《リバティー》はどうなるのか。

名越　「最大多数の最大幸福」がほんまにあるのか。提唱したのは哲学者のベンサム

ですよね。「ある」と仮定したところがえらいよねぇ。そんなん誰も見たことないのに。

僕の中では「最大多数の最大幸福」というたら小学校のときの給食やね。日本がまだ貧しかった頃、アメリカから小麦をもらった。実は飼料用の小麦やったんですよね。だけど、もらってよかった。

僕のときは脱脂粉乳いうて、まあ不味《まず》いんですわ。不味いんやけど「恋しくて飲みたい」いうおっさんがいっぱいいるんやけど。

昭和四十年代いうたら家ではもう牛乳をふんだんに飲んでいる時代ですよ。それでも学校では脱脂粉乳が出てて、飲めなくて残している女の子が可哀想やったわ。体が拒否って飲まれへんねんな。

コッペパンが大きくて、ああいうのでお腹いっぱいになったもん。カレーシチューとかクジラの竜田揚げとか。美味《うま》いねん。みんなが食べれるやん。我先にと余ったシチューをおかわりもできる。こんな幸せないで。最大多数の最大幸福は、本当はないはずやねんけど。でも給食で騙されてるねん。僕の勝手な偏見やけど。

でもあるような幻想になるよね。日本人は身体がないから身体で感じた気になるねんな。これはあくまで精神の話。

リベラルな言論の衰退の果て

光岡　もし、自分の口から発してる思想に従って生きるなら、リベラルは自由のために死ねないとダメでしょう。自由と死なら自由を選ぶ。ソクラテスのように毒をあおぐのがリベラルでしょう。

名越　まったく。そやけど自分がそのときになったら、けっこうせせこましいことやるかもしれんなぁ。

光岡　ああ、それはわかります。人間、いざというときに本性が出ますから。

名越　僕は仏教徒ですから、生まれ変わり死に変わりをしてきたと思ってます。それで言うと、過去に三回くらいずるい生き延び方をしている気がします。

光岡　人類ここまで生きてきたのであれば、その経験がない人はおそらくいないでしょう。

名越　ものすごく非道なことや裏切りをしたから僕の遺伝子は五十何億年もの間、この地球上で生まれて生きているんやと。

光岡　人間の動物との違いは「せせこましいことをした」というところ。人間はそこができる。動物にはどちらにせよ人間のような良し悪しの基準はありませんから、何か自分のしたことが「せせこましい」と感じることもないでしょう。ただ、そこで自分を省みれる人間だからこそ「さっきはせせこましかったなぁ」と感じることができる。

名越　何が正しい。誰が間違っているか。そういうことよりも根本的な議論がある。だけど、その本質的なところをすべての人が聞くべきだとは思いませんよ。でもね、それが言えない社会が嫌やなと思うんです。

光岡　本質を理解するにはベースとなる知性が必要です。でも、それを養う社会構造と社会形態がもう既にないでしょう。コロナ騒動における人々の反応や行動は、人類の知性の劣化を物語っている。

でも、水面下にあったものが浮き彫りになっただけで実はそもそもそうだった。人間はナチスや大日本帝国、文化大革命の所業から何も学習しなかったし、できなかった。ただ、状況や形態を変えてホロコーストと同じことをしている。このようにして知性の劣化があからさまになったから、「本当に人間には知性があるのかな」って疑い始めました。

名越　まったくそう。甲野善紀先生はそのことについてめちゃくちゃ怒ってる。それはもうすごい。でもずっと怒っているから、甲野先生には何度か「大衆を信じていたんですね！」と言ったことがあります。甲野先生の怒りって「こんなはずじゃない」なんですよ。でも実はそうじゃなかった。「こんなはず」なんです。

光岡　「こんなはずじゃない」は、あくまで感情論ですね。「大衆はそういうものではないはず」というのはある意味、人類の知性への期待があったのでしょう。

名越　知性について言うならば、リベラルな知識人と呼ばれている人たちが壊れたAIのようで、その場その場の回答を出していますよね。

光岡　おもしろいのは傍から見ているとリベラルを自認する人が、もっとも否定している自民党のトップと形態と状況を変えて同調していることです。見かけはリベラルであっても、実際には自分の言うことを周囲がロボットのように聞くことを期待して、また自分もロボット化・AI化している。自分の思想や予定調和的に用いられている先生の技に従わない奴は弾《はじ》く。それを合気道などの忖度を中心とする合気系武道を使って同じことをそっくりやっています。リベラルも「リベラル（自由）に従わせるための全体主義化」を進めているという意味では保守派と何も変わらない。

名越　哲学者のアドルノが、ヒトラーがなぜ台頭したのかを研究したんです。簡単なことやった。左翼か右翼か。まして自由主義か全体主義かも関係ない。通底するのは権威主義的な人格。たったそれだけだと言った。中学生でもわかることです。でもいまでもそのことを誰も振り向かないでしょ？　歴史に残る研究を振り返らない。集団化にあたって権威的人格が生まれ、それは自分の頭で考えない。考えないことが忠誠を誓うこと。考えだすと弾き出される。ほんなら弾き出されてもいいやんと思うけれど、ものすごいみんなそれを恐れるよね。

光岡　リベラルを自認する識者その人が、リベラリズムとは何かを考えてなかったことになる。リベラリズムを中心にしていた言論人たちが全体主義化しているわけです。でも、そういうダメさは武術界／武道界も同じですよ。我が身ひとつで相手と立ち向かうはずの人がマスクつけて木刀や真剣を振っていたりするんだから。馬鹿じゃないかと思いますよ。

マスクを着けるのは共同体の一員として死を避けるためにそうしてるなら「あんたち武術、武道と言ってたけど、いままで人間が死ぬことをわかってなかったの。死生観なかったの？」と言いたい。まあ、マスクで死は防ぎ切れませんでしたけど。実際にマスクを着けてた相当数は、コロナにかかり、その一部の人達は亡くなりもしましたから。

また、社会性ゆえにマスクを着けているというなら、マスクの有用性を考えるだけの知性と感性を、いままで武術を稽古するなかで養ってこなかったのかが問われます。

先ほど例にあげたカリフォルニア州とミズーリー州では、コロナ患者の数は殆ど変わらない。また、ワクチンに関しても、打つことを徹底した十二の州の方が、後の感染者が増しているそうです。[*4]このようなところから考えても、マスクもワクチンも全く功を成してない。本来なら人間の死生観をあつかう武術を普段から稽古しておきながらコロナに慌てふためくっておかしいでしょう。

武術界と宗教界のダメさについて

名越　木刀を振るのにマスクですか？　距離あるんだから必要ないでしょう。

光岡　そういう問題じゃないんです。マスクして消毒して木刀振るなんて、何のために武術をやっていたのか。というのは、武術の前提は死生観です。次の瞬間に死んでもいいようにいまを生きるのが死生観の中心にある。思想とかイデオロギーはともかく、武術というジャンルの特徴として何かあるとしたら、武術家には死生観しかない

＊4　https://www.zerohedge.com/covid-19/covid-cases-are-spiking-dozen-states-high-vaccination-rates

わけです。百歩ゆずって実技の業《わざ》から離れ、思想の話をするにしても、そこしかない。それでさえないのなら、あんたら武術、武道、武芸云々て言ってきたけどいままで何していたつもりなのか。

日本をはじめ、文化圏を問わず、武術とは先人が人を殺めてきた歴史的経緯があります。武術は相手の命を奪い、生き残ってきた側の業であり技術です。その勝者のみが生存し生き残ってきた。殺し合いに加担しただけでなく、実際に手を下した当事者側が私たち武術家の始祖や祖先たちです。他人の命を奪ってきて生き延びてきた私たち武術家が死生観について後世に伝えずしてどうするのですか？　他にやる人やジャンルはないんだから。

宗教は生命観でいいと思う。人がどう生きるべきかでいい。人がどう自他の死と向き合うかは武術の専門分野です。

かといって宗教界の方もどうなんでしょう。本来の宗教なら死を扱わない宗教はない。ただ、いま宗教に関心を持っても何も救われない。宗教の第一人者たちは武術界と同じくコロナについて、誰も何も言わないし、いまや国家や、より大きな権力の従順たる下僕に宗教はなってるでしょう。

名越　先日、仏教系の集まりでリモート講演をしたんです。「日本国中の哲学、思想を教えている先生がたは一切沈黙しています。こういう時期にどう生きるべきかを誰も発言しない。ということは、文学や哲学思想は趣味だったんですね」とお坊さん向けに言った。

光岡　誰かが言わないと目が覚めない。ただ、目が覚めても慌てて目をまた瞑り宗教マトリックスの中に戻る人も少なくないのでは。

名越　それで続けてこう言いました。「思想や哲学が死んだ時代ですからいまがチャンスですよ。いま宗教が出ないでどうするんですか？」。みんな硬い顔をされていました。ちょっとひどいことを言いました。

ただ、僕が唯一できるのは批判ではないかなと思うんです。自分がそこでどう生きていくかというときに、将来周りの人に迷惑をかけるかなと思ったらワクチンを打つかもしれない。それも含めて自分がどう判断して行ったのか。そうして自分の内側がどう動いていくのかを自分と周りの人に見てもらう。ひとつの続き絵のように見てもらうことしかない。そういうことって僕だけの特異的なことではなくて、ある種の人たちは何千年にも渡ってやってきたことじゃないか。

この状況になるとそういう器が見えてくるでしょ。自分がこの社会にどう関わったらいいのか。それを結構みんな問われている時代です。

だけどコロナが終息したらわちゃわちゃになる可能性がある。向こう半年か一年くらいで問われているんだろうなと思う。そのときに、これやっても仕方ないとなって、こんなふうに生きようとなった。オリジナリティがこういうときこそ出るんじゃないかなと思ってます。

光岡　名越さんは自分が特異的ではないと言いますけど、名越さんは並の武術家以上の実践経験がありますからね。出会いがしらの患者に無拍子打ち[*5]をされたり。話している最中に椅子で窓ガラスを割ろうとした人を引き戻して座らせ、話を続けたとか。

名越　それは窓ガラスじゃないんです。ある患者さんが隣に座っている人の後頭部を椅子でぶち抜こうとした。あっと思って、後ろから襟首をひっかかけた。小指だけが辛うじてひっかかって、僕も後ろに倒れた。それで「部屋に戻ろうね」と言ったんです。いまでも覚えてますわ。あの瞬間だけは武術家的な動きでした。

光岡　普通はそんなことなんてできないですよ。だいたい呆然と見送って目の前の人が後頭部をぶち抜かれるのを見ているだけで終わる人が大半ですよ。

名越　いや、そういう状況になったら誰でもできます。ただ、そういう場面に普通の人は一生出会うことはないだけです。

共同幻想が破れてもなお続く暮らし

光岡　いまの社会状況を見ながら思うのは、武術的に状況を語るなら、対処法としては「共同幻想に生きない」ということはできるかだと思います。死生観や生命観、知性観だけでなく結婚観とか恋愛観とかもそうで、コロナによってさまざまなマトリックスが崩壊しつつあります。大衆はテレビやメディアで見たこと聞いたことで幻想を膨らませて「こうでないといけない」とかルールを作って強要され、無自覚に共有していくわけです。ただ、武術家は本来ならそちらがわではない。

でも、稽古に来る人の中には、共同幻想の世界で数字を操ったりして日々過ごしている人たちもいるわけです。

もちろん、そういう仕事のおかげでこの社会が成り立っているのも知っています。ある意味では、完全にこちらがわにいて堅気じゃない生活を送る方が楽です。半分あちらの世界にいながらこちらの世界と行き来するのは大変かと思います。大企業の社

＊5　予備動作のない攻撃。またその動き。

員だったりすると、よく行ったり来たりできるなと思いますよ。スプリット（使い分け）が上手じゃないと、とてもじゃないけれどできない。

マスクなんて役に立たないと思っててもパフォーマンスとして付ける。あるいは周りもしているから自分も付けるとか。マトリックスを出たり入ったりするわけですから、なかなか大変だろうなと思います。

名越 そんなふうにある場面において、どう振る舞うべきかで身につけた鎧を取るのは大変なことです。それを身体的に脱ぎ捨てるのが具現するのに一年くらいかかるでしょう。

光岡 もちろん堅気の社会で生きている人を否定しているわけじゃない。ただ、もっと未知の扉を開いてみるとおもしろい世界があるとは言いたい。既存の社会形態や既知の世界には安心感がありますが、そこには既に起きたこととしかなく、可能性は未知からしか提示されない。

名越 社会の中でカリキュラムに従って生きているだけだと無味乾燥に思えます。でも、よく見たら社会と言っても網の目のようにいろんなものがつながっていますよね。

光岡 ひとくちに社会は共同幻想で成り立っていると言っても、それ自体もパラレルワールドとして異なるパラレルの層位の存在のひとつだから、Aという共同幻想の次元ではそれにかなうルールが設定されている。その設定は「社会とはこういうものだ」というひとつの世界観からなる思い込みがあると見えないけれど、未知が大前提であることを受け入れ別の層位の次元からAを見ると、その社会を成り立たせている「前提」や「前提の前提」から見えるようになり、目に映る風景が変わってくる。

名越　それでいうと、前提を見ないで済んでいたいままでの社会のバランスの悪さを是正するためにもコロナが起こっているのかなと思ったりします。

一九九五年に阪神・淡路大震災があったでしょ。それから二〇一一年に東日本大震災が起きた。まだ何か来るなとは思っていて、コロナがあって「これか！」と思った。でも、この後にたとえば戦争が起きたら「あー、続きがあったのか」と思う。そうなったら、自分は時代の必然をもっと後方から見てなかったなと思うし、ますます存在意義が揺すぶられることになるでしょう。そう考えると、たまに恐怖を感じますね。

光岡　それ名越さんは楽しみじゃないの？　恐怖なんですか。

名越　ワクワクしないのは、音楽やっているからです。戦争になると音楽は一時期絶えるんですよ。そんで軍歌みたいなのが出てくるわけ。やっぱり人心地ついたところではじめてギターの音が染みるわけです。音楽は本当の窮地では通用しない。そういう音楽として好ましくない状況になっても、僕がまだ四十代なら「またいつか音楽できるわ」と思える。けれど、僕ももう六十一歳ですからね。

第二章　経験的身体と共同体

名越　疫病にしても天災にしてもそういうことは常に起き続けていた。そういう歴史がありながら、現在において人が歴史的に生きるなんて死語になってますよね。だから歴史を学ぶ意味もほぼ崩壊していると思うんです。

僕は歴史が好きで、歴史を扱うテレビ番組に出演しても「ひとつの考え方としてこう考えられないですか」と賛否両論のところばかり突っ込むから、放送では発言はほとんどカットされてます。そしたらなんで俺を呼ぶんや！　という話ではありますが。ともかく僕は絶えず学んでいたい。

ここから先はちょっと怪しい話かもしれませんが、人間には「歴史的身体」があるんじゃないですか。

光岡　あります。自分の中に間違いなく生命史、人類史といった歴史が身体性として存在しています。
私の中に、意識レベルでは記憶にない経験が数えられないほどあります。その経験は身体を深く観て行くと垣間見えてきます。意識レベルでわかる自分とは、全く異なる自分の経験がそこには幾つも存在します。いまの自分とは全く異なる生命史を遡ったところの形態の自分が存在します。樹上生活をしていた時代や四足歩行、二足で立ち上がった頃、それに海洋時代の私など、こうした自分が幾人もいます。これらが稽古のときに浮上してきます。その異なる時代の身体性を呼び寄せたりすると目の前の人が見ている私と、その人が触れて経験している私のギャップに圧倒されてしまうようです。目の前には自分と同じ現代人としての人間がいると思っていながら、触れて見ると古代の生物や熊、猿人のような感触があり〝自分が人間だと思っている人間像に触れているはずなのに何だこれは⁉〟となってしまうのだと思います。人間の脳や頭は常に「現実」が見えてると思ってますから。

名越 あ、やっぱり。身体教育研究所の野口裕之先生[*1]が以前、「身体を観ているとお

＊1　一九四八年生まれ。社団法人（現公益社団法人）整体協会（近年は「野口整体」の通称で呼ばれる）創設者、野口晴哉の次男。身体教育研究所を創設し、後進の指導に当たっている。

かしなことが起こるんだ」と言われたんです。何かというたら身体に光度の違いがあって、一等星から六等星くらいまであるとすれば、身体にも辛うじて観えるくらいの光がある。もちろん視覚で確認できるものじゃない。それで「縄文時代くらいまでの身体は観える。近づくにつれはっきりする」と話された。何のことかわかりませんよ。でも光度に違いがあるんだということ。しかも、それはイメージや感覚とも違うものだというのは受け取りました。

光岡　それを私は「経験的身体」と稽古場などでは定義し、説明しています。生命史において二億九千五百年前くらいに生息していた、ディメトロドンという生物がいます。

脊椎動物の初期の段階で恐竜と哺乳類、爬虫類、鳥類などが枝分かれする前の生き物で、背骨が一本一本外に出て尻尾まで背骨がずっと伸びている。最近の稽古ではこのディメトロドンの身体観を、身体の中の経験的身体を遡り研究しています。名越さん、ちょっと私の手を持ってください。現代人的に筋肉で動かすとこんな感じですが、でも、ディメトロドンの身体性へ遡って行くとこうなります。

名越　うわ、気持ち悪！　なんやこれ!!

光岡　いや、手を離さないでちゃんと持ってくれないと。

名越　気持ち悪いもん。なんですかこれ。

光岡　ディメトロドンの化石から自分の内側に身体性を追っていくんです。そうすると筋肉とか体格差とか関係ない生命史に突入します。

名越　何が起こっているんですか？

光岡　身体で歴史を遡っています。

名越　にわかにはわからないけれど、歴史的な身体というのはありえるいうことやね。

誰しもが備えている経験的身体

光岡　いままで人間に「経験されてきたこと」。「いま経験していること」や、「いま経験されつつあること」。「これから経験されるであろうこと」を含めて「経験的身体」と呼んでいます。みんな、その身体と身体観を現存する誰もが持っているんです。

でも、現代人の多くは知識、知能的に先を読み過ぎていて、その事実を認められていなくなってます。または、そこを自覚できる感性と体系を経験的に持たないため〝認める、認めない〟の選択肢すら得られないのです。

名越　未来的な経験的身体も自分の中にあるんですか？

光岡　経験にはたぶん物理的な時間軸が存在しない。

名越　なるほど！

光岡　過去・現在・未来は線ではなく、それらはパラレルに同時存在している。いまここにある私の身体性の中にディメトロドンの身体観が存在してるわけです。そこにアクセスすることで名越先生が実体とし認識してる私と、私の腕を通じて感覚してる私との間にギャップがあり過ぎるから、おそらく気持ち悪く感じられるのかと思います。

ディメトロドンがいなければ全ての哺乳類も恐竜もいなかったはず。つまり、その経験は間違いなく私たちがここに存在していることと直結している。それを頭で理屈っぽく考え出すと「昔はこういう生物がいたんですね」という自分と切り離された客観的事実や知識として捉えてしまうから、その経験が完全に自分と乖離してしまう。それを自分の身体の事実として体認し、体観し、乖離させずに、経験を追っていく。そうやってディメトロドンの経験的身体を映していく。最近はこういう稽古にも取り組んでます。

名越　経験的身体を持たなかったらなかなか不都合が起こるというか、それなくしていまがありえないということですね。

でも、少なくとも〝経験的身体〟という言葉を聞いただけで心的にインスパイアされる人が出てくるんとちがうかな。僕もいまだに「縄文時代の身体の光度が五等星くらい」というのはわからない。だけど気になってはいますから。

光岡 野口先生が以前、ご一緒したときに、「光岡先生は太古の身体ですね」と言われた。このような諭し方は無意識にされるのでしょうけれど、絶妙ですね。そのとき私が何かに気づき、何かを発見したのですが、それは太古の時代の生命史を人間以前から遡り自らの経験として捉えて行く感覚です。ディメトロドンへの遡りも、その稽古の一端であり、経験的身体を映していくといった、再帰的な試みだと思います。私のやっていることは、いわばさまざまな地球上の生命体の骨や髄が地球上で初めて形成された時代の経験を自らの体観と体認を通じて辿っていく稽古、研究とも言えます。

名越 あー、大事やなそれ。

光岡 脊索動物のように脊椎動物のような骨格になる前の状態から地球に骨や髄の「経験」が生じた時代があります。その無形の経験から特定の傾向を持つ過程が生じ、私たちにも分かりやすく捉えやすい物質を形成してきたわけです。

名越 生命が骨を作った段階って量子的飛躍ですよね。

光岡 はい、間違いなく地球上の生命史における一大イノベーションだった。脊索動物がやがて脊椎動物化していき、骨を支柱にして生命の骨格と骨組みができたことで海中から陸上に上がれたわけです。多分、私たちの骨の経験はそれくらい太古のものなんですよ。

名越　動物生態学では、四つ足の段階では頭を首で支えないといけないから、脳が発達しにくいとされています。ところが二足で立ち上がって、全身で頭を支えられるようになって脳はいくらでも発達できるようになった。そういう説明があるんですけど、直立した理由としてはちょっと短絡な気もしないでもない。もっとやむにやまれない欲動的な部分もある気がするんです。いずれにしても、もっと原初的なところで骨を作ろうという意欲というか、あるいはクリエイティビティってすごい。

地球に落ちてきた生命体

光岡　たまにこういう話をするんです「人間はおそらく遡って行くと非物質的な地球外生命体かもしれない」と。たとえば非物質的な気体のような生命体が何処かの段階で地球に降りてきた。その頃の地球は水の球体としてあって、宇宙の遠いところから来た無形の非物質的な存在にとっては、宇宙の静けさに一番近い環境が海底だった。

長い間、海底に実体なき存在としていたけれど、いつか宇宙に戻るには一度は地球の法則に法り実体性のあるものと融合しないといけなくなった。そこから融合が始まって、それによっていまの私たちが定義してる物質的、感覚的な生命みたいなものが形成されてきた。無形の気体生命が地球上の異なる傾向と同居し次から次へと宿主を代えて行き、生命体として色々試す中で、また宇宙に戻れそうな種との同居を常に選択してきた。ようは「宇宙の向こうに行くにはこいつじゃなかった。やっぱりこっちだ」などと何億年もやってきたわけです。

海底から陸上がるのはピカイア[*2]のような脊索動物からで、そこで骨の経験が生じ始め、イクチオステガ[*3]やエルギネルペトン[*4]のような生物が登場した。無形の生命体の寄生は、最初に陸上化した種に始まり、現在は人間を宿主としています。その実体なき

＊2　約五億三千万年前のカンブリア紀のバージェス頁岩化石生物群集で発見された、体長約四センチメートルの原始的な脊索動物。
＊3　約三億六千三百万年前にグリーンランドやオーストラリアにいた全長約九十センチメートルの四肢動物。
＊4　約三億七千七百万年前に生息していた動物。スコットランドのエルギンという町の近くの化石産地から発見された原始的な四肢動物。

存在は、懸命に宇宙へ戻ろうとしている。地球上で唯一宇宙に行こうとしているのは人類だけでしょ。それもこれもそもそも宇宙から来ているからなんです。

名越　めちゃくちゃおもしろいですね。でも、わかります。

光岡　問題は地球上の感性や感覚は実体性、物理性に依存することです。気体生命体のように感覚や物理的な実体性よりも前に存在する生命とか、存在を感じられない生命とか、実体として存在しない生命は、いまの私たちの生命の狭い定義には当てはまらない。だけど私たち人間は、実体ある部分が肉体や実態として存在する一方で、実体としては存在しない部分が「気」として同時に偏在している。「非実体としての自分」であることに認識や意識レベルでは理解できないまま存在している。

名越　おもしろいなぁ。そういう発想は、もしかしたら廃れてしまったギリシアのピタゴラス教団[*5]なんかにあったかもしれないですよね。その考えと武術とが矛盾なく結びついていて、そこに至るのに生命のやりとりが必要になってくるのはなんとなくわかりますわ。生命は確かにあると同時には実体としてないわけで、二律背反しているということをどんな凡庸な人間でも理解できる。それが武の瞬間ですよね。

光岡　人間は自分の中に空間と時間がつくられ、そしてその中に他者性を持つようになっていった、私たちの知る範囲では唯一このような他者性を持つようになった存在でしょう。私たち人間は不思議で稀有な存在です。内面に他者性があるということは、必ず自分が二人か多数いるということ。そのように自分の内に誰かと誰か、何かと何かが存在し、叶わない融合をしようとしている。それをどこかでみんなわかっている。

名越　ソクラテスが生きていた時代には「人間は一対だった」いう話があって、ゼウスが雷で撃ったからふたつに分かれてしまった、というかなり根強い考え方があったようです。それ以来、片割れを求めている。それは空想ともいえなくて「ふたつでひとつ」という如何《いかん》ともし難い実感があったわけです。

光岡　昔の人が普通に観ていた現実性がそうだったんでしょう。

名越　そういう実感なんやと思った。他者性を切り離して僕たちは存在できない。僕が知っている心理学の頂点はそれですよね。

＊5　古典期ギリシアの自然哲学者・ピタゴラスによって創設されたといわれる宗教結社。万物の根源を数であるとし、均整と調和が宇宙の法則であると考えた。

同調を確かめるから苦しい

光岡　それにしても「太古の身体ですね」と言われた野口先生の話はピンときます。いつも野口裕之先生の話は「なるほど」と「言葉にならない経験」しかない。

名越　「言葉にならない経験」が提示されると自分の内側に自然と目が向き始めます。そうすると外側に気が散らないで済みますから自然と意識の世界から離れて、無意識の方へと向って行きますね。

光岡　最低でも意識や認識の外の外ぐらいには出ないと本質的なことには届かない。意識が対象化できるわかりやすい外側なんて共同幻想でしかない。その共同幻想が大衆の現実の規範となり〝共同幻想的な現実性〟をみんなが現実と呼び始めます。ただ、その「幻想性の高い現実」に過ぎない現実性の方が人は楽しいんですよ。

名越　それはそれで楽しいですよ。でも幻想でしかない。しかも同調性の坩堝《るつぼ》になっている。楽しかったらその裏でどこかで苦しくなるのは、同調性に自分を適合させているからです。

光岡　同調を確かめるから苦しくなる。確かめなければいいいんです。ここに座っていられるのは、地球と同調しているから。だから生息できる。地球と同調してないと生きていられない。わざわざ同調性を見直す必要がなくて、ここに存在している時点で既に同調はある。確認する必要がない。

武術だと「自分がどこと同調しているのか」ということで型や技が成立します。ということは、自分がズレてみないと同調性は見えない。型をやるとは時間をズラすことであり、ズラすから同調性が確かめられる。

けれど、ここにジレンマと矛盾が生じます。何かを確かめられるということは「ズレている」ということ、ただ確かめ続けてしまうとリアルタイムから外れてしまう。意識して確かめていると駄目で、対象を認識しようとするのではなく、空間的に自身の内面を見つめない限り、実践で技は使えない。

名越　歌の世界と似てますね。音程とか楽曲の楽譜は型に近くて、そこから自分自身に立ち戻るとズレが生じる。そうなると曲にならない。でも、完全にピッチそのままだといわゆるファインアートになってしまって、全然魂が乗らない曲になる。

光岡　それだと自分にとってのリアルタイムにならないですよね。意識して確認できるところには純粋な感性はない。ふと生じる気持ちや感覚、感覚以前のところでなければ、表現にならない。

なぜなら「感性」が〝主〟で「意識して確かめる行為」は感性の働きに対して常に〝従〟にしかならないからです。確かに歌と音楽の世界は他者性と主体性の塩梅《あんばい》が問われますね。

名越　自分自身に立ち戻りすぎて、あんまりにも自由になると単なる主観になってしまって、他の人との間で何も起こらなくなる。

光岡　他者性がなくなる。

名越　そうなんですよ。インプロビゼーションのジャズみたいなのが極としてあって、その一方でファインアートの厳密な絶対音感で構成された音楽がある。どこにいることが自分らしいのか。自分らしさなんて厳密にいうと、一度も僕は表現したことがない。じゃあ、なんで自分らしさがわかるのか？　となると、カントを引き合いに出して先験性とか言うしかない。さっき光岡さんは「経験的身体に未来はある」と言われて、まさにあるんだけど論理的には破綻していますよね。

光岡　そう、人間の論理性に限界があるんだから、その枠には収まらないです。「論理自体に限界がある」ということを初歩の教えにすべきだと思いますよ。でないと、あとが苦しくなる。そこに現実性、真実性を求めたら苦しみしかない。「こうなるはずだ」と論理を打ち立てても実際には厳しいでしょう。論理そのものの問題だけでなく、それを用いて希望的観測に現実性を持たせようとするところに問題があります。相手に言葉を伝えるには、まず自分の言うことを理解しなければいけない。その上で、相手に意味が伝わるよう配列することを「論理性」というならそれは「あり」ですが、それ以上は論理に求める必要はないかと思う。

自我ではない自分のやりたいこと

名越　昔一流のミュージシャンがいて、筋肉がこわばる病気になられたそうです。ギターのピックを持つと手首が拒否する。僕にすれば、それ自体が表現になっていて、『バットマン』シリーズのジョーカーみたいに思える。痙攣しているんです。その人は悩んだ挙句、脳の病相を焼いたそうです。そしたら八割くらい昔の状態に戻った。でも二割は以前の自分を拒否している。型にハマり過ぎるとヤバいというのは、焼いてでも弾こうとするからなのか。

光岡　焼くまでのことをしたのは思い込みもあるのかな。

名越　共同幻想なのかもしれないってことですか？

光岡　本当の潜在的な自分は、引き攣った手首にしたいんじゃないのかな。自分の自我や自意識がそうであってはいけないと思っているけれど、自我ではない自分は引き攣っていたい。たとえば肘で弾くとか。ギターをやめるとかもありえるわけでしょう。

引き攣りという提示された状況と事実が本当の自分で、あれこれ意識レベルでしたいと言っている自分は表層的な自我意識としての「自分」でしかないんじゃないかと。おそらく本人は過去の経験を引きずりたいんでしょう。それも含めてその人ではあり、人間らしいと言えば人間らしいですが。

名越　楽器の練習は過酷で、一流のピアニストなら一日六時間とか練習する。腱鞘炎になるのは素質がないからだと言われる世界があるわけです。そういう中で自分を追い詰めていくんです。でも、本当はそうしたかったんじゃないのか。焼いたことで本当に治ったのか。そういう疑いってついてまわります。

光岡　視野を広げると、その人に取っては、弾けなくなった方がいい人生なのかもしれない。それこそ、そうなるには色んな身体の層位があるからで、そしてどれも自分です。

名越　こういう話でつまらないなと思うのは、「脳を焼くことが人間的だったのか。焼かないことが人間的だったのか」みたいな話に大体持っていかれるところ。必ず道徳に持っていくでしょ。

光岡　そうやって人間らしさや道徳、倫理という大義名分のもとに生命をコントロールしたいのかも。

名越　「共通の土俵があるはずだ」というのは、恐るべきファシズムです。

光岡　それがまわりまわって問題を生んでいるわけですから。

名越　僕はその人の身に起きたことはおもしろいと思うけれど、ある種の人は「教育の強制が生んだ悲惨な話だ」ということにする。

光岡　以前はちゃんと弾けていたギターが弾けなくなって可哀想だとか。

名越　あるいは、「そもそもこういうギター教育が間違っているんだ」とか。それはやめてほしい。

光岡　そういってもやめないのが世の中だし、確かに「意識してコントロールできることが良いことであると感じている」や「過去の教育された正しさを自分の絶対的な正しさにしようとする気持ち」は強固な共同幻想ではありります。けれども〝正しさ〟は常に断片的で、コントロールできないことばかりが世の中に満ちています。なのに無理にコントロールしようとするから自己矛盾や自己葛藤が生じるてしまう。

ハワイで時間の拘束が解かれた

名越　昔の人は一日五十キロくらい歩いたわけでしょう。現代人はそんなには歩けないです。二十代の頃、三十キロを三日間毎日歩いて右膝が動かなくなりました。五十キロを歩けた時代は、他の人がやっているからやれるようになるんでしょうか。それも共同幻想なんですかね。

光岡　タイムラインが同じだから身体性が同じだと言えます。文化的共通性や身体的共感性もあるでしょう。

たとえば、飛行機のない時代なら砂漠に住む人が急にアラスカへ行くことはできないから砂漠に適応した身体性が代々そこで培われ、暑さに耐えられる身体性が普通になります。そこでその人が生まれ育ったなら暑さに耐える感覚さえないでしょう。

アラスカだとアザラシを食うのが普通で〝生野菜を食べるやつは人間じゃない〟どころか、人と場所と時代によっては生野菜の存在すら知らない可能性も高い。アザラシしか食べられない環境だからそうなります。

現代になってから飛行機でひとっ飛びであっちこっち行けるようになり、グローバル化とテクノロジーも進み、本来なら土着的に築かれてきたはずの身体性をいまの人類の大部分は見失ってしまっています。それをオカシイと感じる感性や感覚すら劣化しつつある。本来なら暑いところに住んでいる人は、いきなり寒いところに適応できない。そういう身体性が土着性と常に同調していた時代がありました。

名越　光岡さんはハワイに十年くらい住んでいたわけでしょ。やっぱり戻るとハワイの身体になりますか？

光岡　十年住んでいたから久しぶりに自転車に乗るみたいな感じがします。ちょっと乗り出すと身体が思い出す。

名越　少しずつ馴染んでいくんやね。岡山と比べてどちらの方が自然とかありますか。

光岡　ハワイの方がより自然です。私たち陸上生物が陸上化するために必要だった地面が地球上で形成されたときの原初風景がハワイ島にはあります。岡山とハワイどっちか片方が自然で、もう片方が不自然という話ではありません。より自然・比較的自然・ちょっと自然とかそういう感じです。

名越　なるほど。ハワイだと流れる時間も違うじゃないですか。でも、そういう時間性は、この社会で生きていたら、一般的に感じ取れないですよね。

たとえば三時に会議があるからそれまでにプレゼンの用意しようとかね。そういうものから脱却できたのは、僕の場合は五十歳過ぎてからですよ。それまでは「あと何時間後にあれがあるから」とかね。今日の対談も以前なら、午前中に人に会ったし、そろそろ休憩しとかなあかんわって思ってた。でも、いまは「いや、この流れは休憩じゃないな」と思います。休憩をとること自体が恐怖や不安の枠の中に自分をぎゅっと入れている感じが出てきたんです。

とはいってもテレビのレギュラー番組に出る前日は完全に時間に縛られますね。テレビってそれこそ十秒で何百万かかるっていう世界でしょ。そこに自分がぎゅうって引っ張られている。八時までに寝とかなあかんわとか。だから時間は不思議なもんやなって思います。四十代と五十代の時間の観念は全然違います。

光岡　私もハワイに住む前の十代の若い頃はずっと日本で暮してましたから、「次のことに備えていまのことをやろう」というのがありました。

名越　それはかえってキツいですよね。

光岡　キツいです。私の場合はハワイで救われた。何せ彼らにはまだ無時間の感覚があるから。こっちがどれだけ「次に備えて」と思っても向こうはこちらに合わせない。

たとえば「今夜十時に遊びに行こう」と言っても集まるのは結局十二時になる。だいたい時計で量れる時間で行動を決めると必ず外してきますね。そういうのをハワイでは「ハワイアン・タイム」と言います。本人が主体的にやりたいことでもない限りはハワイアン・タイムで過ごしますね。そんな時計に頼らない時間感覚がハワイアンにはあって、普通の文化圏での時計を用いた約束の基本が崩壊するわけです。ぜんぜん約束を守ってくれないから電話をかけたら、「いま行くから」と言って一時間後になる。「いま」の幅がけっこう広いんです。

　ただ、少しずつわかって来たのは彼らにとっての「いま」はそれなんです。ある意味で時計に拘束された歴史は浅いわけで、こちらの時計を規範に時間を考える方が不自然と言えばそうです。他にもハワイで身をもって知ったことがあって、人間同士の身心の移ろいからも時間の拘束を解かれたところはありますね。私の周りにいたハワイアンやハワイアン・ロコ（地元民）は移ろいしかない。

名越　周りにわりとやんちゃな人が多かったんですよね。

光岡　喧嘩屋のジェームズ・マッカンバーとかですね。彼と会ったときにジェームズが付き合い始めた彼女がいて、その人との間に子供ができました。また、その前の二番目に付き合っていた彼女とも子供がいました。三番目の彼女とはケンカして一時的に別れて、その直後に一番最初の彼女と一時的に元に戻ったらまた子供ができた。その後に三番目の彼女とよりを戻そうとしたけど、最初の彼女と子供ができたのでフラれました。彼は誰とも結婚していないし、誰とも付き合ってもない。二十年以上も前のことです。

一昨年ハワイに帰ったら子供たちも大きくなっていて、ジェームズは腹違いの子供たち全員をバンに乗せてビーチへ遊びに行ったり、一緒に食事に行ったりしてました。

名越　もうそれは群れですね。

光岡　そうなんですよ。彼らハワイアンやハワイアン・ロコの中にはポリネシアの部族社会の文化性が身体観として残っているんです。私なんかはそこに人間の原初風景を感じるんです。

怒りをうまく凝縮させる

名越　時間の縛りでいうと、「朝やし起きなきゃな」と思っていても起きる盛り上がりに欠けるみたいなことがありますよね。それが「来た来たー」となって起きるわけです。

僕は詞を書くんですけど、詞はいつ降りてくるかわからへん。「雲が出てきて雨模様になったな」くらいはわかったらええのにそうはならなくて、「ああ仕事終わったなゆっくりしよ」って思ったら急に降りてくる。曲はある程度操作できるんですよね。

この頃、思っていることがあって、以前『瞬間の心理学』で「人間、怒ったらあかん」というのを書いたんです。当時は仏教に取り組むのに必死だから一日に四時間くらい瞑想してた。その中で自分の怒りが見えてくるわけです。

ところが、いまは何か書くにしても「流れが見えた」というような時間には怒りが必要やなと思うんです。初めはいろんなタイトなことを注文してくる編集者さんに対して怒りがあるんだけど、だんだん抽象化されて、どう言うたらええんか、全部ひっくり返そうかっていうような。ちょっとした小山くらい持ち上げてやるみたいな怒りになっていく。

光岡　怒りって凄いエネルギーになりますよね。何かたまりながらビルドアップしてくるようなエネルギーに。

名越　パワーになって前に進むことがある。ちょっと一辺倒なことを十年前に書いたのかもなって思います。怒りって使えるやん。

光岡　怒りは凄まじいバイタリティの源ですよ。根底が本能ですしね。動物がサバンナを駆け巡るような。追いかける本能と逃げる本能の両方が入り混じっているような。怒りと同時に悲しみというか、何か致し方なさもあったり。それもまたさらに怒りを増長させたりするわけです。

名越　なるほど。怒りの迎え酒みたいになるんやね。わかります。本能に火をつけるというか。そう思うと知的行動って実は本能だなと思います。猛烈な怒りが鎮まったら「相手の言うことも正しいのかな」とすごく素直に思えたりします。これは相反しているというより一連のものだという気もするのです。

光岡　昇華するとそうなりますね。なおさら怒りは大切だなと思います。ただ、ちゃんと行動の行方を考えて、方向性を持ったエネルギーとして昇華させないといけない。そうすると武術的にも凄まじい神業になったりもしますし、何かを成し遂げるためのエネルギーやバイタリティにもなります。

名越　だからそういう意味では科学的に考えすぎていて間違えていたとも言えると思います。ある次元においては怒ったらあかんというのも正しいやろうけれど、もう少し豊かなものですね。

光岡　不動明王も眉間に皺寄せて火まみれで怒っている。怒りも本質のひとつだということを大切にできるかですよね。ただ怒りを発散することは大した業にはつながらない。それは怒りを大切にできてないから。怒りは昇華する前にうまく纏めて凝縮していくと方向性を得て凄い力と業になる。

名越　うまく凝縮する、ですか。それが大切にするってことですよね。確かに怒りが燃料でないと出ない集中力もあります。「これはコークスでないと出ない火なんです」というのがあるじゃないですか。そういう意味で大切やなと。粗雑に扱ったら破壊的になっちゃう。

YouTubeと武術の組み合わせ

光岡　そういえば気になっていることがあって、甲野先生が合気道の有名な先生のお孫さんのチャンネルに出演していますよね。名越さんは彼に怒りが見えますか？

名越　見当たらないですよね。本当にさわやかな印象で怒りや苛つきがない。「困ったなぁ」くらいはありそう。

光岡　そう、見えてこないですよね。不思議なんです。たとえば同世代だと総合格闘技で活躍してる選手とかは怒りが原動力だなってわかる。でも、彼の場合、何がこの人を動かしているエネルギーとモチベーションなのかがわからない。そもそもなんでYouTubeしているのかわからない。彼、見境なくいろんな人のところへ行くでしょう。

名越　甲野先生の技に驚いて「おーっ！」と言っているのと他の合気道の先生に「お

ー！」となってることに差がない。

光岡　甲野先生としては複雑な心境でしょうね。

名越　前田日明さん[*6]が甲野先生に会うように勧めたんですよね。前田日明さんはある部分で怒りを原動力にしているからメリハリつけて「会うべきだ」と言ったわけで。でも彼の驚きの声にはその区別が見当たらない。

光岡　それにしてもYouTubeと武術の組み合わせは親和性がない。どっちかに引き寄せないといけないけれど、メインはYouTubeだからみんなそれに引っ張られますよね。

名越　不思議なんですけど、プロの格闘家や武道家が合気道家の技にかかって驚いてたりするじゃないですか？　門外漢が言うのは全く申し訳ないんですけど、ホンマなんって思ってしまうところがあります。十五年くらい前に格闘家が合気柔術系の武術家と公開で試合して、その模様がYouTubeにアップされてますけど、あれはガチじゃないですか。それから思うと、いまどきは合気道家に対してすごく空気を読んで協力的だなと思うんですよ。

光岡　カメラの前でコンテンツとして成立させようとすれば、そういうことになるんでしょうね。ある瞬間から登録者や視聴者数、〝いいね〟の数やどれだけ儲けられるかなどにマインドが変わるんだと思います。

それとYouTubeを通じて認められることが楽しさになっている背景もあるでしょう。他人からの評価が承認欲求を満たす楽しさの基準になっているわけです。

ただ、色々と見せてもらってるとシステマとYouTubeは相性がいいのはわかります。おそらく最近できた体系なので練習のシステムも今風なものとして提示できるし。体系に布教を行《おこな》ってきた宗教的要素があるとコンセプト化しやすい。コンセプト化すると提示しやすくなり、多くに認めてもらえる提示の仕方もできます。システマの場合、究極的にはロシア正教の身体性と教えがそこにありますよね。

名越　そう！　本当にそれ！　システマ、結局はシステマって宗教じゃないかと思うくらい。インストラクターの北川貴英さん、いまや彼が出たら動画が二十万回再生くらいになるんです。

以前、対談したときに感じたのが、他の人と北川さんの動きはなんか違うというこ

＊6　一九五九年大阪府生まれ。幼少期より少林寺拳法や空手を習う。一九七七年に新日本プロレスへ入団。プロレス団体UWF、総合格闘技団体リングスを旗揚げし「格闘王」と呼ばれる。
＊7　ロシア軍特殊部隊の将校であったミカエル・リャブコにより創設された格闘術。

とで、無茶すぎる論旨だと笑われるかも知れませんが、直感的に僕は勝手に北川さんはもしかしたら創始者のミカエルを降ろしているんじゃないかと思ったんです。となったら、ロシア正教やないとおかしい。あの方独自の体癖的な要素[*8]があるからよけいにそう感じてしまうのかも知れませんけれど。だから「ロシア正教なの?」とお聞きしたら、そうだと。洗礼を受けないとと。

光岡　システマは基本的にはロシア正教のバプティスマ（洗礼）を受けないと指導者になれないみたいです。

名越　やっぱりそうなんですね。素人の感覚でいうと武術とは何かと言ったら「週に一回道場に通ってます」みたいな感じで受け取られるでしょ。でも、僕はむしろ武術は宗教とかその人の自然観とけっこう密接に関わっているなと思うんです。

光岡　そうですね。江戸期の武術家たちもバックボーンに神道や禅がありました。夢想願立の松林左馬助[*9]は浄土宗に傾倒していたようです。流派によってバックボーンは異なります。けれども人智が及ばないものを後ろ盾として必要とするところは共通しています。だからシステマがYouTubeを利用しながらもあまり散らずに成立するのは、形を変えたロシア正教の布教活動というバックボーンがあるからでしょう。ある意味、最初から拡散が体系的にあるとも言える。

名越　なるほど。「これ使える」みたいな企画をわりと気軽にやっている人がいるじゃないですか。ジークンドーのパンチをジャブに使ったらいいんじゃないかとか、それはとってもワクワクする企画なんですけれど、ちゃんとわかっていない人が真似するとそれはまずいんじゃないかな。絶対潰れる気がする。

光岡　YouTuberの武術関係者や武道関係者は動画の数が増えるにつれて確実に身体が弱くなってます。出る度に拡散して弱くなっている。

でも、弱くならない連中がいて、その人たちには共通項があります。シラットのマウル・モルネイは相当な数の動画をアップしているけれど弱くならない。理由はやっぱりバックボーンです。

マウル・モルネイはシラットが近代化で廃れて行く中で、ブルネイの各村にあった伝統的なシラットを習ってきて自分で習得した経緯がある。いわば背後がシラットの始祖や中興の祖的な眷属だらけになっている。彼みたいな人は身体が散らないし、弱

＊8　体癖とは野口整体の創設者である野口晴哉が提唱した体の見方。体の構造や感受性の方向によって十二種五類のタイプに分ける。

＊9　江戸時代初期の剣術家。夢想願立（流）開祖。徳川家光に剣技を披露し「身の軽きこと蝙蝠の如し」とその技量を讃えられたことから、以後、蝙也斎と号したという。

くもならない。そういう人はマイノリティで、たいていはどんどん身体が散って弱くなっている。

日本人だけでなく多くの現代人の大半はルーツを捨てて来ました。BJJ（ブラジリアン柔術）の現役の選手たちはそれを直感的に感じてかYouTubeに出ませんね。商業的な意味もあるのでしょうが。

名越　散るってわかります。自分のことに引きつけて言いますけど、バックボーンで腑に落ちたことがあります。アドラー心理学の野田俊作先生は早期回想の分析などさまざまな技法も教えて下さったけれど「これも方法論に過ぎない」とおっしゃってた。「見えないものがアドラー心理学だから、それを確立する前に精神分析学やユング心理学を学んでしまったら明らかに効かなくなる」と折衷したら絶対にあかんのだと。かといって、「他の分野の技法をいくら使ってもいい。アドラー心理学であれば」とも言っている。その当時、誰もわかりませんでした。でも、バックボーンの話を踏まえたいまならちょっとわかります。

第三章　原初を失った人間の前提を理解する

名越　これから先の展開を考えたとき、「人間の理想に近づく」とか、あるいはヒューマニスティックな考えに基づいた議論は、ほとんど全部間違っているんじゃないか。あらゆる前提を疑わない限り、未来は開かれないんじゃないか。

光岡　最大の問題は現状の前提が「前提である」ということに自覚が生じないこと。いま突然、私が「Mahalo-iaʻoe, Hoo-mai-Kai E-olu-olu E-Kala mai au Aloha au iaʻoe、Aloha-kaupili（アロハイア　フゥマイカイ　エオルオル　エカラマイアウ　アロハ　アウイアオエ　アロハカウピリィ）」とハワイ語を話し出したら、なんと言われているかわからないですよね。「よくわからないことを言っている」となってフリーズしてしまう。このときに初めて〝ハワイ語〟と他言語の存在から自らの存在や世の中の捉え方を問うことが始まる。

つまり当たり前と言えば当たり前のことだけど、多くの日本人は日本語が母語であることに自覚がない。私たちは自分の文化に自覚性を持っておらず、同じく母語にも自覚性はない。何より自身の身体性に自覚がない。そのように文化と言語は密接な関係があるし、身体もそうです。

名越　確かにあれやこれやほんまやろかと疑っていても、そのこと自体を日本語で思考していることに疑問をもたない。

光岡　日本語以外で思考している自分が想像できないからです。でも、その前提を覆さないといけない。日本語という先入観の中で私たちは思考を展開している。日本語を他者とし、また別の視線で捉え直さない限り、日本語を疑うことはない。だから日本語でない言葉で話しかけられると、相手は〝わからない言葉〟で話していると思ってしまい、相手が日本語で喋ってくれると〝わかってる言葉で喋ってる〟と思ってしまう。実は「いずれもわかってない可能性」や「わかりえる可能性」が同等にあるのに母語に依存してしまうからそう感じてしまう。このように母語という先入観のもとを問わないと、いくら「前提」を問うたとしても、大前提の先入観がそのままになる。

名越　日常の光岡さんからしたら、違う言葉で話すことがリアルなわけですね。

光岡　そうです。それが異文化や多文化と接する意味だと思う。自分の前提を問うてみて、初めて全く共感できない他者を通じて自分を省みることができる。そのときにようやく自分の前提が崩れる。武術において多くの流派を学び、研究する意味もこの辺りにあります。

小学生のとき、カリフォルニアに移り住みました。その地域では、唯一のアジア人で日本人だったから初っ端から〝日本人って何？〟と周囲からしょっちゅう聞かれた。「ブルース・リーと同じ所のやつか？」「中国人だろう」「日本人と中国人て何が違うの」と聞かれたりもした。それまで「自分て日本人なんだ」とか「日本とは何か」について考えたことがなかった。

アメリカだと色んな人種がいるし、「日本人とは何か」がさらにわからなくなる。その辺りから前提を問い始めました。

名越　僕はカトリックの幼稚園に通っていたんです。そこにグリーン神父さまという方がいて、園長先生でした。あとで知ったらすごい偉い人だった。

いまでもよく覚えているのは、初めて幼稚園に行った日のこと。保育園と違って百五十人くらいいたもんだからびっくりして、家に帰ろうと外へ飛び出そうとした。そしたら神父さんに抱き抱えられて「元気ですね！」と言われた。そしたら、あれが独特のカトリックの麻薬ですね。神の愛ですよ。いまでも覚えてます。なんというか……「はぁ〜」という感じ。これはなんだ？　この感覚はなんだ？　あれ、愛の原初体験ですよ。

光岡　言語や言葉以上の経験ですね、それは。

名越　日本では愛はいまだにわからないでしょ。でも、あれが愛なんだなってわかった。それからの僕はいわばそのときの体験を追いかけてきた。それで四十八歳になって、「このまま死んだらあかん」と思って仏教の勉強を始めたわけです。

あるとき中村公隆和尚[*1]に「お経を唱えるのであれば、やっぱり仏様がいるという気持ちで唱えないといけないですね」と言ったら、和尚が首を傾げて「いや、仏様は本当におられるからなぁ」と言われた。まったくの異文化体験だった。「この人はまるで襖の向こうに人がいるように明らかなものとして仏を感じている。町内の大家さんみたいなくらいの感覚でいる」と思ったらもの凄く恥ずかしかった。幼稚園以来、二回目の大ショック体験です。自分がいるのは限られた現場でしかないんだなと思い知らされた。

＊1　一九二七年広島県生まれ。高野山大学密教学科卒。高野山伝燈大阿闍梨。真言宗獨鈷山鏑射寺山主、鏑射寺別院明芳寺住職、高野山真言宗宿王院名誉住職。

光岡　前提や基礎が塗り替えられる経験は大切ですよね。だけど、前提を疑えなくするのがいまの教育です。そこがヤバいのは、与えられた前提しか問わなくなるから。教育された前提が「前提」だと思ってしまう。

名越　僕はノイマンの数学についての思考は追えないけれど、講演録を読んだりすると、数学というのは学校で習っていたものと全然印象が違うんだなというのはわかります。数学の先生が「これが数学という窓から見た世界なんだよ」という感覚を生徒に伝えられたらすごいなと思う。

光岡　数学の教師がみんな森田真生[*2]か岡潔[*3]のようになるということですね。

名越　そういう世界を覗かせてくれるという意味で印象に残っている先生がいます。僕の行ってたタカラ小学校には今西先生という人がいて、ずっとタバコを吸っている。授業中も吸っているんです。そんでガリガリに痩せている。

　新美南吉の「おじいさんのランプ」という話があるんです。行灯しかなかった暮らしの中で初めてランプが灯るわけです。それを見た人が感動して、「これだ！」と思ってランプを売る商売を始めた。そしたら今度は電気が出てきた。もうランプは必要とされない。その人は最後は森の中にランプを吊す。そんでひとつひとつ石を投げて割っていく。なんじゃこれは！　という話です。

今西先生がブワーッとタバコを吸いながら、「これ、最後。どんな気持ちで割ってんねん」と聞くわけ。怒っているわけじゃないですよ。先生も感極まっている。そやけど、みんな迫力に負けて下を向いている。そういうときに必ず当てられるんです。「名越、おまえどう思うんや」。

何を答えたか覚えてないけれど、なんか喋った。あまりの恐怖と憧れに煙の中で見えにくい顔を見ながら十分近く喋って、そしたら「座れ」と言われた。

「みんなどう思うんや。名越は十分近くしゃべったけど、大したこと言うとらへん。ただ、こいつは一生懸命何かを伝えようとした。それを俺は買う」と言われた。いまでも覚えている。すごいものを見せられたな。そういう体験は大事やと思う。

＊2　一九八五年東京都生まれ。独立研究者。東京大学理学部数学科を卒業後、独立。京都に拠点を構えて研究を続ける。二〇一六年『数学する身体』で、小林秀雄賞受賞。

＊3　一九〇一年―一九七八年。大阪府に生まれる。数学者。京都帝国大学卒業後フランスに留学し生涯の研究課題となる「多変数解析函数論」に出会う。後年、その分野における難題「三大問題」に解決を与える。『春宵十話』をはじめ多くの随筆を著し、数学と「情緒」との関係を説く。

二十一世紀は場の心理学になるだろう

名越　僕が落ち着くのは、海よりは標高三百メートル程度の高さにある山なんです。気温がちょっと低いけれど頭も冴えるし、発想も纏まりやすい。瞑想もしやすい。自分にとってしっくりくる場というのがある。

それもある種の前提なのかなと思うのは、野口裕之先生の操法を受けると、すごい経験を毎回するんです。あるとき先生がぽろっと「いや、名越さん毎回驚いてくれてありがたいけれど、これはこの道場の中でしか起きないんですよ」と言われてびっくりした。僕はあちこち動いているし、甲野先生もそのタイプ。だからそういう感覚で人を見ているわけです。

野口先生を初めてお見かけしたのは、京都の稽古場で小さなアンティークな机の上に片膝で座っていらっしゃるのに浮いているなと思ってびっくりした。その人が「この道場でしかできない」と言われたから驚いた。ここだからこの内観法ができる。どういうことなんだろう。場とその人の能力なんですかね。

かたや甲野先生はどこでだって、それこそ望んでもいないのに技をかけたりするじゃないですか（笑）。ビジネスホテルの小さい部屋で「思いついた」と言って手を握って投げられるとか。

光岡さんの技も場の利はあるんでしょう。それとも、できるだけ場は問わない方がいいんですか？

光岡　それは、兵法と武術を分けて考えないといけないです。私はそうしてます。兵法の場合は地の利や地軸、昼夜、星の巡り、天の利も含めてのことを考慮し、そこを身体に映して行きます。ただ、武術の場合は一対一や一対多、自分に都合のいい場を選べない場合もありえます。最終的には何人いても何処でも一人一人倒して行きますから、場を問うたら後れを取るのでダメですね。〝ここだったら勝てたのに〟と言ってるときには最悪この世にいませんから。

名越　ええこと聞いた！　その発想もらおう。というのは、あくまで伝聞でですが、アドラーが晩年に不思議な言葉を残してるんです。「自分は個人主義の心理学を作った。二十一世紀になると心理学は場の心理学になるだろう」。不思議な言葉です。いまの話でいったら兵法でしょう。

光岡　場の心理学とは、おもしろい発想ですね。

名越　それが俗的な心理学の理解になると「どの位置に座ったら洗脳しやすいか」と

かアホみたいな話になって全部劣化してしまうんです。

光岡　兵法もそうですよ。ほとんどの兵法は法則の中、枠内の話をしている。だから「孫子の兵法」をハウツー本として読むのが殆どの人です。孫子がそもそもなぜその兵法を導き出したのかという感性や知性に触れないと兵法にならない。なぜ、そんな思考が生じたり、そのような感覚を得たのか、その身体性、感性、知性に触れることが兵法の勘所です。

名越　絶えず新しい状況になるわけだから。

光岡　ただ昼夜は古今東西を問わずいまだにあるし、地域によって来る時期、程度は違えど春夏秋冬もあったりするので、一定法則の中でわかる範囲のこともある。

けれども、それは法則の向こうを見るための一定法則なのか。それとも法則の中で安堵するための一定法則なのかで、その「法則」の意味は大きく変わって来ます。一定法則を方便として使って、その法則の向こうを見るために法則があるならその兵法は法《のり》として成立する。そうじゃないと兵法を取り上げる意味がない。

名越　至極真っ当ですね。心理学もそこに行くべき。

できないこともその人らしさなのか？

光岡　場は確かに大切です。私は組織や場を主宰しています。ということは、まず自分が支配的立場にあるし、習いに来る人は半ば自覚的にか無自覚にか支配されに来ているわけです。そのことを知って、さらに来た人たちを支配から解いていかないと、その人がその人にならない。人によっては依存性が高く「先生の言う通りにやればいいんですね」と言って、支配されたがっている人もいます。だけど私の言う通りにやってもダメです。やり方は教えるけれど「アンタがやらないとダメ」だし、実際にアンタが戦うときや何か活路を見出さないといけないときに私はその場にいないんだから。いろんなやり方は伝えられても、テクニックや技術は表面のことに過ぎない。

というのは、未曽有の状況で何かが起きたときに自分がどう咄嗟に対応するかが問われる。それをどう磨くかの稽古方法を提示しているが、そこは自分で磨いていく気持ちがないとできない。私が言った通りにやっていたらいつか奇跡的に強くなるなんて都合のいい話はない。

名越　だいたいは、「この稽古したら強くなるんですよ」という期待を持って来るでしょう。

光岡　そういう人は来なくなります。言う通りにやってはダメで、だから言うことを聞かないことも大事です。かといって何でも聞かなければいいわけでもない。聞いておかないと失敗するところは聞いておいた方がいい場合もある。上手に言うことを聞かない人は実力をつけてきます。そうじゃない人は拗《こじ》れていて、自分の実力を発揮できずに止ってしまう。大体が、上手く聞いてしまうか、下手に聞かないか、でなかなか「上手く聞かない人や聞ける人」は少なく、一番多いのは「下手に聞いてしまう人と、下手に聞かない人」です。

名越　その場で要求していることと関係ないところで拗れているんや。

光岡　服従しろと言っているわけではないですからね。でも間違ったところで抵抗すると「好きにしな」とも思ってしまうのは、それもあんたの生き方だから。

名越　如実にその人が出ますよね。講座とかやる人の宿命で「なんでわざわざ僕を選ぶの？」という人が来ません？

光岡　絶対に自分が苦手なタイプの人は来ますよ。

名越　わかる！

光岡　いまは苦手な人も少し〝かわいいな〟と思えるようになってきたけど、ハワイにいた頃なら苦手なタイプを拒絶していたろうなと思います。ハワイで過ごした後から苦手なタイプをおもしろがれるようになりましたね。あそこで鍛えられたのかも知れません。

名越　これを活字で読んで「私のことや」と思う人はいい人なんですよ。光岡さんの稽古会に来たらいったん自分を明け渡すしかないのに、そうならない人がいるんですね。

光岡　本人は〝そうなっているつもり〟ではあるけど、無自覚に何かをガードしてたりします。

たとえば限られた空間で全員が稽古しているわけですから、空間を察知する能力が必要です。だけど「あんたそこにおると転んだら頭を壁にぶつけるぞ」みたいなところにピンポイントでいたりする。相手が切ったり刺したりしなくても「自分から刃に切られ刺さりに行く」「自分から怪我するような場所に行く」タイプの人です。でも、そういう人だからこそ稽古に来ているのもわかります。

名越　あまりに察知できないから来るんやね。

光岡　本人としては、潜在的にそこをなんとかしたいけれど、どうしていいかわからない。だから来る。私も若い頃の指導は放任主義でそういう人も自由にさせていたけれど、あるときから自分が気になっていることまで放任したらいけないと思うようになりました。ただ、きつく言い過ぎるのも嫌。「そこにいない方がいいんだけど、なぜかそこにいてしまう人」がいる場合、そういうのを察知するのも武術の稽古の一端ではある。けど、「どうしてもいたらいけない場所にいてしまう人」は必ず一定数はいます。

名越　でも、そういう人も参加しているうちに変わります？

光岡　少しずつ自分なりに変わります。と同時に、できなさもその人らしさなのかなと考えてしまいますね。よく見たら「いたらいけない場所にいてしまう人」は、その場にいることがその人に取っての運命なのかも知れない。その運命を何とかする稽古方法はなく、その場合は「その人がその運命を受け入れられるような稽古」へ切り替わります。

名越　それを延長していったら、ここで頭ぶつけて死ぬのも個性みたいな話になりますね。

光岡　そう。この人らしくここで頭打って死ぬのもその人らしさなのかもしれない。そこまで考えると「教えた方がいいのか。教えない方がいいのか」などを幾度となく考えた時期もありました。そこから一周して「それでも私の役目としては、教えたり、伝えて行った方がいい」という結論になりました。だからといって「その問い」が解消されたわけではありませんが。

背骨のない身体観

名越 その問い方は、光岡さんからしたら「人間ってすぐ死ぬでしょう」という脆弱性を感じてのことなんですか？

光岡 それは私にとってはあたりまえかつ本質的なところですよね。雨の日に足を滑らせて死ぬこともあれば、蜂に刺されて死ぬ人もいる。誰だってありえること。シャラマンの映画『アンブレイカブル』ではないですけど、すぐに骨を折るような怪我をする人がいる反面、〝何があっても大丈夫〟みたいな人もいます。

名越 宗教人類学者の植島啓司先生がそうでした。お酒は浴びるほど飲む。ギャンブルは毎日のようにする。よくあんな無茶な遊び方ができるものだと舌を巻くのですが、僕は大好きなんです。あの方は病院に行ったことがない。ちょっとしたアンブレイカブルですよ。科学的に捉えたらという側面が身体にはあるのは正しいんだろうけれど、半歩入り込むとそういうふうには人が見えなくなりますよね。違う世界からみんな来ているくらいの感じです。

光岡　ぜんぜん別の層位の存在ですよ。身体の層位があることにそこまで体感覚として気づけないと「身体はひとつしかない」という思い込みのままで生きてしまいます。

名越　解剖学の世界やね。野口裕之先生が「中国人には背骨がない」とおっしゃったことがあるんです。もちろん解剖学的な話でなく、あくまで「内観的に背骨はない」わけだけど。だとしたら内観的には民族の違いが決定的にある。そのときに思ったのは、光岡先生は韓氏意拳という中国伝来の武術の道統を継いでおられる。じゃあ光岡先生の身体に背骨はあるのかたずねてみたら、野口先生が言うには「光岡先生には背骨がある」と言われた。そしたら背骨のある人が違う身体の層位にある武術をやってるわけだから、そこがおもしろいなと思ったんです。

光岡　確かに、日本の武術だけしていたら「背骨のある身体しか持ってない」という拘束があった。だけど「我是日本人（Wǒ shì Rìběnrén）」と現代中国語で喋ると確かに背骨のない状態にしないと発音できない。背骨的な要素を入れると日本人的な中国語のイントネーションになってしまいます。

たとえば英語を話すならアメリカ人のように肩から手を動かして、胸から上の身体しか使わない身体性を獲得しないとアメリカ英語は話せないし、話しにくい。野口先生のいうようにベースラインとして日本の文化圏で生まれ育ったところがあるから、どうしても背骨が出てしまう。

そうすると英語もジャパニーズ・イングリッシュになる。実は人が多言語を喋れるのは、いくつもの身体と身体性が異なる層位に同時存在していて、そこにアクセスできるからです。どの身体の自分でいるのかが「どの言葉を用いるか?」を決定付けてる。そこが人間が多様性を感じる元であり、その多様性は外に外在するのでなく身体に内在している。けれども私たちが現代社会で教育を受けたのは「人間の身体はひとつ」「外に多様性は存在する」という考えだから、自分がたくさん存在することがわからないし、理解もされにくい。

ボディ・ビルディングという概念化

名越　この前、左の股関節が痛くて、つい弱気になって、ある和尚さまのところへ行った際に和尚が手当をしてくださったんです。終わった後、和尚が笑って言うには「四年ほど前に打っとるな」。確かにその頃、福岡の篠栗の山の中でツルツルになった板の上で転んで、仙骨を打ったんです。そのときは歩けたけれど、いまでも感覚が残っている。実証がどうこうより、あらゆる事象がこの身体とつながっている。ワクチンを絶対視する世間の人からしたら、僕なんか憎き野蛮人になると思うんです。

でも副反応を見ていると、いざ身体の中に入ったらあらゆる事象とつながってしまうという感じがあるから、やっぱり抵抗感はごく自然に生じる。だけどそういう身体観ってもうないでしょ？　癌も二十年かかってなるというけれど、いまの日本人の身体観はそういうものではない。

身体の中に入ったら物理科学的な唯物論的な法則に基づくんだという身体観と、一方で身体の中に入ったものは時間空間性が異なるんやと。それをいうところから始めると、「完全にマッドネスですね」となってしまう。そうでなかったら「やっぱり副反応が怖いんですね」と言われる。そういうものともまたちょっと違うんです。

光岡　身体《からだ》はそんなに物理的、直接的な存在ではないですよ。アメリカにいた頃、ステロイドについて自分なりの研究したことがあります。アメリカでウエイト・トレーニングをガンガンやっている人は、わりと普通に打つんですよ。ピークアウトしてくるとサプリを使っても、それ以上は筋肉がつかないからです。ステロイドはどんなふうに効くのかと見ていたら、本人たちは「これを打つから筋肉が大きくなる」と思っているけど、傍から見ていて「絶対に違うな」と思ったんです。観念的な身体に打つから一度は精神と概念を経由して、そこで初めて物理的な身体で何かが生じる。精神の世界とステロイドが密接につながっている。
　要するに人間が概念で作り上げた世界観が広がっていて、その中で精神が蠢《うごめ》いている。「こういう自分になりたい」と、いろんな思惟的な世界で欲望があるわけです。その中に「こういう筋肉をつけたい」という願望があって、そのために精神世界の中で身体を構築しないといけなくて、それを物質世界に降ろしてくる。
名越　社《やしろ》を作っているみたいやね。
光岡　本人はステロイドが物理的身体に直接影響しているると思っているけれど、そうじゃない。観念や思惟的な欲望からステロイドを打ち、それが精神でこしらえた概念を通じて筋肉化して行くんだと思うんです。
名越　ステロイドは概念に作用しているんや。
光岡　概念が物質化する現象だと思います。近代産業化で都市や建物を作るのと同じように身体に働きかけようとするからボディ・ビルディングやウエイト・トレーニングになるんですよ。コンクリートやセメント、鉄筋で自然界にはない構造を概念で作った社会構造の中に住んでる人達の感性や身体性で身体《からだ》を変えようとすると、精神や概念が規範となり、頭が望みはしても、身体が望んでない自分になろうとしそれが肉体化する。結果としてボディ・ビルディングとかウエイト・トレーニングになるんです。ただし、自然の中の流転する事物と人工物の違いと同じく、人工化した肉体は死物化して行くので肉塊になって、常に何か外部からエネルギーを与え続けないといけなくなる。

名越　アーノルド・シュワルツェネッガーの練習風景を撮っている写真があるんです。彼だけ二頭筋が尖っている。鏡餅の上にのっかってる橙《だいだい》みたいになってる。シュワルツェネッガーは「集中が違うんや」と言ってる。だから他の人は僕を越えられないんだと。どんな集中なん？　って思ってた。おかしなこと言うなと思っていたけど、それも別の世界が影響しているってことですよね。

光岡　そもそも薬がそうでしょう。なんでその薬がそういう作用するのか。ある時期から効かなくなるのか。個人差があるのかとか。その辺りは身体と精神や概念の世界が乖離してしまうことと関わっているかと思います。おそらく薬物中毒も同じ原理です。モルヒネとヘロインの主成分はほとんど同じ。それどころか、モルヒネの方が違法に売られているヘロインより精度もよく純度が高いのに薬物中毒や依存性になりにくい。

同じヘロインでも中毒になる人とならない人がいたり、モルヒネでも鎮痛効果だけで中毒にならない人もいる。このような差はどこにあるのか？　については、医学では全くわかってない。

　歴史的には最初はモルヒネ中毒が増え過ぎて、ヘロインを作りモルヒネ中毒に対応しようした。それからヘロインがベトナム戦争の帰還兵によってアメリカで密売され始め、違法化され、精度や純度の悪いものへとなって行き、ストリートで質の悪いヘロインが横行するようになりました。そのようなことを踏まえても、結局のところは「中毒になるか否か」は個体差で、接種したときの状態やタイミング以外の理由がなくなってきます。

　ひとつ言えることは、その個の身体から乖離した概念と精神の世界で作り出されているものの違いがあったり、身体観が異なる層位を持っていたりしても、私たちに影響するのは物質そのものではないこと。その感覚経験を左右しているのは個の体の異なる身体の層位や本能、意志、思想とか精神とか、そういったさまざまなファクターが影響している。そうした私たちの在り方や集注の置き所が外の世界とのコンタクトから何を経験するかを決定付けています。

　これは〝特定の物質による直接的な影響〟だけでは決して語れないし、同時にその事物との遭遇がなければ、そもそも〝その出来事〟は起こらなかった、そういった意味では「その物との遭遇」は〝わかりやすい一ファクター〟ではあります。従って、それも私たちの在り方、心身の状態、集注の向け方によって感覚される経験や結果的現象は変化していきます。

私たちの頭が悪いのです。AだからBといったわかりやすく物事を解釈することが頭の良さだと勘違いしてしまう。そんな頭の悪さを兼ね備えてます。

また、希望的観測を持ち始め、嘘でも自分の想定に当て嵌めようとしてしまう頭の悪さもあります。肉体強化と精神性をセットにしたがるなども人類の知性の劣化の現れのひとつでしょう。マッチョイズムがイデオロギーとつながるのもそういうことでしょう。

人間が生き延びていくためにすべきこと

名越　人間はややこしいことをしているわけです。人間に原初的な姿があるとしてももうわからなくなっている。

そういえば、この前『アクアマン』を観たんです。すばらしい作品でした。沈んだアトランティス大陸の末裔が水中に適応していわば人魚になっているんですけど、

「これじゃないか、原初的なものは」と下腹が熱くなって懐かしくなりました。

大きく言えば、人間が生き延びていくためにそこをどうすべきなのかという話になると思うんです。精神でも概念でもなく、まずはその人らしさをどう活かすのか。

光岡　そこを武術の流派の業《ごう》で考えてみます。たとえば「ある剣術の流派は少し拗《こじ》れている人が多い」のですが、それもその流派やその人の「らしさ」なのでそうなるのもそれを習う人とその流派の間で生じる縁ですよね。

一方である人がある流派をやると、その人らしさがスッと通ることがありえる。ひとつひとつの流派が抱えている業も関係していると思いますが、それも広くとって見れば、生物が抱えている業《ごう》みたいなものとも言えます。

名越　業があって、それを選ぶ個人がいる。ある側面では流派も社会の縮図みたいなものでもあるわけでしょう。

僕は基本的に日本の文化の職業のあり方にシンパシーを持っています。百年続いている企業の約四〇パーセントが日本にあるそうで、しかもほとんどが中小企業です。特異なんですよ。自分の家業を継ぐという考えがあって、それは流派とか道場を継ぐことと一脈通じる気がします。

組織とは風通しがよくてみんなが能力を伸ばせて、しかもひとつの交流の場である。

そういうのを目指そうという考えや組織論もあります。
一方で連綿と続く家業という組織が家族的でありドメスティックである。いまは悪い意味でドメスティックは使われるけれど、いい面もある。日本の国力の根源は業というか、家族的でドメスティックなところにあると思うんです。
「beyond the small family」ともいうけれど、キリスト教の教会が力を持っていたときは、教会がひとつの家族になっていたのは事実です。やっぱりそこを抜かれると、悪い意味でアナーキーになるんですよ。
国力の根源なんていったのは、家族的現実の社会がある中では、国力がないといまのところ殲滅される可能性があるからです。

光岡　国力がないと社会構造を保てなくなりますからね。

名越　それって当たり前の事実です。でも、日本人はなんかそこを認めたがらない。組織の話で言えば、道場の空気が内向きか外向きかも、実は社会ののっぴきならない課題の気がします。

光岡　ハワイで指導していた時代から大切にしているのが、私に習う人が誰も私に似ないこと。もし誰かが私に似てきたら、どちらかが偽物です。本物を見極めるには武術の場合は簡単で、勝負すればいい。残った奴が本物であとを継げばいい。幸い私のところに来ている人たちは、いまのところは誰も私に似ていない。また、互いにも似てない。みんな、バラバラです。でもそうじゃないと村でも社会でも成り立たないわけですよ。水に入るのが得意な連中ばかりになると木に登れない連中ばかりになる可能性があり、畑を耕せない人と耕せる人が両方いないと、みんながひとつのことばかりに特化してしまう。そうなると困るわけです。

名越　会社という組織の中でも上司が周りに「自分であれ」と言えたらちょっと時代は変わるかもしれない。

光岡　ただ難しいのは、私の場合は会社じゃないから。だからできるというのはあるでしょう。会社だといまの資本主義経済がベースの社会形態に合わせ無理するためのイデオロギーとか思想、共同観念が必要になってきます。

名越　この部署での仕事は別の人でもできる。コマになれる。だから世界企業が生まれたと言えるわけです。官僚組織も基本的にそうです。個々の能力は高いとしても、仕事そのものは次に誰かが引き継げることではある。

光岡　そこは資本主義だろうが社会主義だろうが同じです。それでは人間の特徴となる良さを全く生かせていないと思います。人間がなぜ他の生物と違うかというと、内面に他者性を持っているから。内面にいる多くの他者を省みたり見つめたりできるからこそ私たち人間は多様性を自分に感じられる。実は人間ほど多様性を許されている種はいない。だけど、そこを生かせてないなら人間である意味すらなくなってしまう。

名越　全くそうです。

「自然に還れ」というファシズム

光岡　人間も動物と変わらないところも少なくないし、四足歩行だった時代が三億六千〜七千万年前からあるくらいだから、動物的な部分、脊髄反射で動くところは勿論ある。ただ、その動物的な部分がひとつの身体性として自分の中にあるとしても、それが人間の全てだというわけではない。それは「脊髄反射も他の種と同様にもちろんありますよ」という程度の話でしかない。

名越　だから「自然に還れ」という発想は結局ファッショになるんや。本能で生きたらみんな同じはずだと言っているわけだから。

光岡　神という言葉のすり替えですよね。「自然に還れ」というのは。「自然」という言葉は「科学」と並んで、近代における「神」の代替の象徴となっている。要するにこれが二項対立化すると科学か／自然かになり、二項が統合し、理論化すると自然と科学の組み合わせという理論になり、より絶対神っぽくなる。

名越　カリスマのある人が「自然がいちばん素晴らしい」と言ったとする。そう言ってしまうときの自然は一神教になっちゃう。でも、自然はめっちゃ天衣無縫なんやけど。

光岡　「自然が素晴らしい」と言うなら自分の視点が極めて主観的だという前提を自分の中で持っておかないといけないでしょう。そのときに自分の口から出てる「自然」、「それは極めて主観的な自然観でしかなく、普遍性がないかもしれない」という事実を知っておく必要があるでしょう。

たとえば「人間というのは言葉がわからなくても自然とコミュニケーションが取れる」というけれど、確かに言葉に頼らない局面はある。けれども、挨拶するときに相手に向かって唾を吐く風習があるアフリカのキクユ族なら「挨拶のときは相手に唾を吐くこと」が当たり前です。もし自分がそれをされて〝汚い〟と驚いたり怒ったりするなら、自分の自然観は普遍的ではなく自分の文化性や生活から構築された主観に無自覚に拘束されていたことになる。そうすると論と実践が破綻していることになります。

唾を吐かれたら唾を吐き返すことが普通とされる自然観も世の中には存在し、それを受け入れられるだけの多様性を持っておくことが普遍性に近づいて行ける自然観でしょう。

しかしながら、たいていの人の自然観は個々の経験をもとにした「私の自然観」でしかない。もしかしたら「私の自然観」は自然を知るきっかけにはなるかも知れないけど、それを普遍的、絶対的だと言いだすと自分の墓穴を掘ってることになる。そこに絶対性や普遍性を〝いかに持たせないか〟が自然に対する第一歩目のアプローチにならないとおかしなことになってくる。「私たちは神じゃあないんだから普遍的な絶対性などわかり得ないけど、そこを問うことは続けて行こう」とするのがせいぜい私たち人間にできることかと思います。

名越　そういう意味では指導者は絶えず分裂していないといけないですね。

光岡　そう！　分裂を自他に許せないといけない。生命、生物としても、人間としても。そうでなければ、私たちが他人に対してよくやってしまうような「俺のようになれ」となってしまう。自分と同じ価値観になれと言ってもなれないし、たとえ憧れて「なりたい」と思ってもなれない。そこで武術の教伝では「先生の見ている景色はなんだろう」と追いかけるわけです。

でも、あるときに追いかけているのは先生じゃなく自分だったということに気づく。

そうでないと本質的な教伝にならない。同じになれないのはふたりは違うから。だけど同時に同じ重力のもとで生きていて、似た環境で生きてきたし、同じ種族であったりもするので「そういう大雑把な法則は互いに一緒かも知れないね」といったような話はできます。

名越　「自分であれ」や「自然観」みたいな話をすると、「聞いた話をどうやって使えるようにしたらいいか」みたいな、しょうもない質問する人がいるんです。そうであっても、答えるときに普遍的なところへ行ける話をするようにしてます。資質のある人だと、それを捕まえて、そこからは本質的な質問をするようになる。やっぱり「どうやっていまの自分の生活に応用できるか」と考える人は、そのうち来なくなります。だって明日は今日と違う日なんだから結局は応用できない。これ、悪口になりますけど、根本は学校教育の問題です。過去の集積を覚えたら一人前になれると教えているわけですから。

光岡　面倒なのは、いまの世の中を生きる上では過去を蓄積させられる身体性を獲得していかないと、確かに社会の中では生きづらい側面があることです。社会性が作り出す教育とその教育が作り出す社会とがループしていて、互いの親和性の中で正規の教育に当てはまらない感性を持つ人たちをはぶこうとする。いまの社会性や教育が示す価値観に合わない感性を磨いたとしたら、実際に生き残れる人は多くて〇・一パーセントくらいだと思う。あとの社会的不適合者は日々大変な思いをして生きていくしかないんじゃないでしょうか。

名越　社会的不適合者、たぶん二パーセントくらいとしても二百万人くらいいます。

光岡　その人たちがこの先の人類の可能性を持っていると私は考えてます。私のやっている兵法・武学研究会の稽古場などはそういう人の来る場所でいいと思っています。正規の教育を受けて、既成の社会制度でうまくやっていく九八パーセントの人は、いままでの知見に収めて落ち着こうとする。そういう人たちはそれでもいいんです。そうでない人達の〇・一パーセントを全体の二パーセントまでに持ってこられると社会的不適合者による天才の群れができるかと思います。

名越　その九八パーセント側の人達もちょっと出てもまた戻りたいんです。

光岡　その気持ちもわかるから、それはあってもいい。でも、それだけで本当におもしろいのかどうかです。〝社会に適合しないこと〟とは未知を選ぶことなんです。要するに既存の概念や観念、考え方に収まらないから社会的には〝不適合〟なんです。その未知の領域へ残りの九八パーセントが足を踏み出せるかどうかです。

名越　そこで僕なんかは、二歩目も外に踏み出そうよと言いたい。

光岡　何回でも踏み出して戻ってくればいいし、単純に知らないことを知るのはおもしろいんだから。そこで自分の存在自体がいちばん未知だとしたら、これ以上おもしろいことはない。

武学の稽古では自分がなぜ存在しているのか？　この発想がなぜ自分の中から湧いて出てくるのか？　別に外の世界に未知を探さなくてもいいわけです。ここで自分にとって最大の未知である自分を知っていく稽古を普段から経験しておけば、武術的にも外から未知がやって来たとしても怯まないで落ち着いて応じられるようになります。

名越　いまの話を聞いて思い出しました。養老孟司先生が「自然の中に定期的に行きなさい」と言っていて、ようやくその意味がわかってきたんです。

銀杏の葉は相似性があるでしょ。一本の銀杏の木に数えきれない数の葉っぱがある。みんな、元はひとつの芽、ひとつの種子でしょう。だけど驚くべきことにひとつとして全く同じ葉がない。ことさらに、この世界はランダムにしようとしているという意志を感じるわけです。

つまり向こうも必死なんですよ。このズラし方は神経症であり、ズラしノイローゼ、あるいはズラし完璧主義。しかしながら脳にとって違いだらけの世界はノイズでしかないから、「同じや！」「同じはずや！」って執拗にがんばる。仲良しになれるわけない。

現実はランダムさから訪れる。一方で社会に適応するといったときに、会社とか工場では「同じ」現実を生きているように思えるけれど、本当に生きていること自体はランダムさにさらされている。多次元の自然に囲まれている。

会社の中でうまく行ってても、そのローカルさは世界中の経済とつながっていて、何時《いつ》、他次元の余波でボキッと折れるかわからない。ある種、グローバリズムの行き着くところはランダムな自然や多要素とのつながりができてしまったというおもしろい側面があって、それからすると今度は「同じや」と言いたがる脳では対応できない未来が開かれていることになる。僕らは無意識にものすごいサバイバルしている。だけど人間の脳のがわには勝ち目がないのは確かでしょ。

第四章　死生観について

光岡　人間が本質的なリアリズムを求める上で、宗教や哲学、芸能、格闘技などがあるなか「武術や武芸だからこそ見えてくる。もしくは、それらでなければ知ることのできない世界」とはなんだろうと考えました。思想を求めるなら宗教か哲学でもいい。身体を動かすなら踊りやスポーツでもいい。戦うなら格闘技や現代武道でもいい。その中で武術である必要性を考えたときに浮かんだのが死生観でした。人間だけが死を前提に生を観ることができる稀な生き物だと思います。それを体系として取り扱おうというのが武術だと思います。

名越　武術はそうであって欲しいと思っていました。

光岡　ライオンやシマウマ、犬が「十年後に死ぬだろうな」と考えて生きているわけじゃない。要するに刻々と過ぎてゆくいまこの瞬間を生きることに没頭するのであれば、本能や脊髄反射だけで生きればいい。

名越　確かに、人間にも他の動物と同じような動物的要素があって「この瞬間の生を全うしている」という、ある種の生命観があるわけです。

光岡　全ての生物や生命が刹那的に存在していることは確かです。それは存在の大前提です。しかし、その中で「人間の特徴は何か？」となったら死を知っておけることがあげられます。また、どの段階の死を知っておけるかが問われてきますが、人間はけっこう早くに死を自分のことととして直感できます。

たとえばロジカルに「平均寿命から考えて自分は八十歳前後で死ぬんだろうな」と知っている段階もあれば、身近な人が死んで「ああ、自分もいつか死ぬんだな」と感情レベルで思ったりする人もいます。もしくは致死体験をすると、感覚的に死がわかったりもします。いろんなレベルでわかることができる。ただ、それは生きている中での死であるから、あくまで〝生死観〟です。まだ死生観ではない。

武術は生命観や生死観を当然としながらも、死が大前提である死生観を知っていく体系であります。死生観の根本となる死もしくは消滅とは「何もない」や「空っぽ」「空」「無」でもあり、そこから発生してくる生を見ていくことでもあります。そこに武の体系としての価値があるんだと思います。そして、その事実と真実を理屈ではなく、技と術を通じて知っていく。

武術の稽古では技を掛け合うわけですが、その中でいわば何回も死ぬ経験をしていきます。ちゃんと致死的な技法を身につけた人にかけてもらうと、それが寸止めでもちゃんと技がかかって〝死んだ〟という経験ができる。理屈や認識レベル、感情レベルといった浅いところで死を経験することや、もっと深いレベルで直観と感覚を通じて死を経験できることができるのは、武術のひとつの特徴です。

死は感覚の向こうがわ

光岡　理屈でわかる死生観というのは人間みんな死ぬからで、頭ではわかっている。でも実際目の前の人が死んだり、身近な人が死ぬと感情レベルの死生観になります。理屈でどれだけわかっていても、それとは層位が違う。頭でわかっても感情レベルの死生観について予め稽古しておかないと、おそらく死を目の当たりにしたときに受け入れられない。死が実際に訪れたときはもっと生きようと思ってもできないわけです。そして、それよりもまた違う層位には感覚レベルの死生観があって、それは感情とも違う。感覚レベルの死生観は死が直感される層位での死生観。たとえば普通に首絞めやスリーパーホールドをかけられると苦しいわけです。だけど、この集注観の層位でかけられたら、苦しくないけど死が近づいてくる（と、光岡が名越にスリーパーホールドをかける）。

名越　やばいやばい。

光岡　生きてる感覚がスーッと引いていくのわかりますか？

名越　気持ち良くなる。

光岡　そう、死は苦しくないんですよ。

名越　すごいな。生まれて初めての感覚や。なんか気持ちええ。おもしろい。気持ちええし、鳥肌がぶわーって立つ。すごいな。ゆっくり水温を上げた蛙は茹でられて死ぬまでわからへんって話があるじゃないですか。本当かどうかわからんけど。あの感じがある。あ、落ちるなっていうのはわかる。

光岡　苦しくない。ということは死は多くの人が思ってるように苦しくなく、スーッと楽になって行くんですよ。

名越　あー。そういうことか。すごい経験をさせてもらったわ。

光岡　これが感覚レベルの死生観。武術の型稽古やるときはこれをお互いに型の中で施し合いながら死を顧みる。

名越　ＳＭで首を絞めるプレイってあるやんか。あれ物凄い深いらしいね。ハマる人がいるってわかる

光岡　いまの現象が指をパチンと弾くくらいで起きると感覚もない。これが気の世界だと思います。感覚よりも前の世界、感覚の向こうがわの出来事です。

名越　それはいいパンチもらってカクンとくるとかに近い？

光岡　そんなんじゃない。死ぬから。

名越　ああ、そうか。

光岡　それが現代格闘技と武術の違いでもあり、技術と技法に致死性があるんです。武の前提が死生観だから。

名越　すごい話になってきた。これくらい死の恐怖を植え付けられているのは、死が快楽だからかもしれへんね。

光岡　それは十分ありえる。でも、仏教も究極はそうなんじゃないですか？

名越　密教では断食するんだけど、何度も断食を実践されてきた（前述の）中村和尚様は「二週間ではもったいない」と言われますね。一週間で性欲や食欲が強烈に入ってくる。ところが二週間目で消えてくる。三週間目はただ素晴らしい世界。感覚は鋭敏で苦痛がない。三週間目を経験しなかったら断食行はもったいないって話される。

光岡　先ほどのスリーパーホールドの段階はそれですよね。全ての層位に死生観があります。それを死生観というひとつの言葉で括ってしまうからわかりにくくなるだけで。だからひとつの〝死生観〟だけだと意味の疎通ができない。

たとえば私が名越さんの右腕をこのようにとります。近代柔術や格闘技だとこういうように関節を極めるから痛いけれど、まだこれは感覚レベルに訴えかけている技や技法。でも、集注観を変えて、前提の身体観が変わると、極め出すと関節が一瞬で折れるような状態になる。

名越　はいはい。わかるわ。もうあかんなって。痛いって感じじゃない。

光岡　こうすると関節に隙間が空いてグズグズになるんですよ、こうなると瞬間的に折ろうと思えばいつでもパキッてなる。

名越　でも、かえって開放感がありますね。

光岡　そうそう。どうしようもないからたぶん気持ちいいんだよね。

名越　もうあかんみたいな。空中に浮いているみたい。

光岡　死ぬって完全な放下《ほうげ》じゃないですか。もうしょうがないという状態。それを体系的に残したのが武術だと思う。

名越　なんかあかん。説得させられそうや（笑）。

光岡　そうですか（笑）。

抗えない死、感覚の向こうがわ

名越　武術が好きで、僕もそれなりに触れたりしてきたわけです。いまみたいにちょっと腕とられてあーっ！　て思ったのは……、腕とられとるだけやのに感じる死の豊かさというか――。ある種の死による開放感があった。いままで空手とか居合をやってきましたけど、こういう感覚はなかったもんね。理屈の上での死というのはあったとしても。

光岡　「武士道とは死ぬことと見つけたり」と誰だって言葉を引用して羅列はできます。それを観念的に理解して、「本当にそうだ」と信仰することもできるでしょう。でも、それでは武術の定義としての死生観としては浅い。

武術はそれを技術として体系化し、稽古方法として提示できるようにした。さっきの技もそうだけど、死を身体で直観し感覚できるわけで、あの技の形に入ったときの抗えなさは、私が名越さんに技をかけて抗えなさを持ちかけていると錯覚されがち。そうじゃなくて私と名越さんの両方が抗えない領域の層位の身体にいるからどちらも抗えない状態にいる。たまたま今回の関係性の中で私がかける形を取っていて、名越さんがかけられる形を取っていたからそうなった。

名越　わかる。その世界に連れて行かれる感じがした。光岡さんに折られるというよりは、あれ？　なんか景色変わってきたって感じ。

光岡　そうそう。武術はそれだと思う。私もあなたも人間はこれに抗えないよね、という世界に行く感じです。結局、私たち死には抗えないわけです。必ず死ぬんだから。いままで全ての人類が死亡率一〇〇パーセントで死んでいるわけだから、この抗えなさを認めることは普通のこと。

名越　認めないから色々しわ寄せが来るんや。

光岡　みんな理屈ではわかっていても、その理解が身体まで降りてこない。死を感情レベルでわかっていても感覚レベルではわからない。感覚でわかったとしても、実は死は感覚の向こうにある。だから感覚もできないのが死、ということに理解がなかなか至らない。

それに気付いたのが、過去の武術家たちなんだと思います。昔の武将が和歌をしたためて、死の無常感、抗えなさを詠む。感覚できないもののかろうじての観性の共有というか。ああいうところに死生観が垣間見えますよね。

身体の左右観

名越　武術においては型の稽古を通して何度も死ぬ経験をするという話でした。光岡さんの稽古会では、具体的にどういうことをしているんですか？

光岡　死生観の話以前に現代人は身体観の基礎の基礎から学ぶ必要があります。兵法・武学研究会の基礎として稽古している内容を体験してもらいたいので、ちょっと名越さん、正座してもらえますか。それで、この形を維持してください。ガチで本気でお願いします。私が名越さんの左肩を右側に向けて力を加えます。これくらいの力でも耐えられますよね。でも反対側からだと必ず崩れる。

名越　あれ？　ほんまや。こっちから（右から左へ）押されるとがんばっても無理。なんで？

光岡　人間の身体には左右の気の違いがあるからです。右は縦に気が働き、左は横に気が働く。よって、いまのように正座してもらい後ろに私が座って左肩を右の肩の方向へ水平に押すと安定し、右肩を左肩の方へ水平に押すと崩れます。これも国内外であわせて三千五百～四千人ぐらいの人たちに試したけれど、いまだに例外が出ていません。このように何も考えないでいると左右観による左右差が生じます。ただ頭で考えだすと気が頭に上がり左右観がわからなくなり消えたりもする。

たとえば、頭で正座してる自分をイメージすると左右差はなくなり何方から押しても崩れやすくなります。見た目と感覚が一致はするけど両側が同等に崩れやすくなります。

名越さんも正座している自分を頭でイメージして耐えてみてください。そうすると、さっきと同じぐらいの力で押しても、このように何方からも簡単に崩れます。これを私は思惟的身体と呼んでいます。思惟的身体から生じるイメージや観念、概念上の自分、意識体に集注観が向くと身体から集注が頭に行き、左右観が消えてしまって、どちらからの力にも弱くなる。

名越　ほんまに、さっきのイメージする前の左側から右側へ向けて押されたときは、そんなにやっとる感じがしないのに安定するけど、反対側からのときはがんばった感じがあるのに崩れてまう。ということは、実感いうのは左右差があるということ？

光岡　コントラストがあるから実感が生じるわけです。たとえば気温が十度から五度の場所に行くと五度は寒く感じるし、もしマイナス十度の所から五度の気温へ移動するとそこまで寒く感じないように、私たちは無意識にも絶えず感覚を連続させながら自動的に環境を比べ、感覚を調節しています。

ただ、これは根本的には内部の体感温度と比べているので、単純に環境に対して純粋に外気を感じてるだけでなく、外の気温を測るための「自分の規範となる感覚」も内側で常に変化してます。そのため真夏の気温が四十度であれば熱く感じるけれど、風呂の温度が四十度でもそこまで熱く感じなかったりする。また、私がハワイに十年ほど住んだ後に感じた日本の冬と、日本に戻って来て三〜四年後の冬だと外気の気温は対して差がなくても、体感温度は間違いなくハワイから帰ってきた直後の方が寒く感じました。

人間は環境に適応するための脊椎反射的な感覚である「対象感覚」以外にも内面感覚の規範となる「個体感覚」を持つようになったから、自分がこのふたつの感覚の違いに騙されてしまいます。騙される理由は「感覚はひとつしかない」と思い込んでいるからです。この左右観を知る稽古で驚く人は「個体感覚」と「対象感覚」の違いに驚いているわけで、〝地面に座っている感じ〞や〝肩を押されている感じ〞など対象である環境の一部の地面や肩を感じてる方に自然と感覚的集注が向いてしまいます。

実は以前にこの身体の気の左右観を馬やロバ、犬、猫でも試してみたところ、人間と同様に彼らにも左右観がありました。ただし、人間だけが気を頭に上げて思惟的身体になるため、左右差が消えた状態の「両弱化状態」になり両方が弱くなってしまえる。これは恐らく産業革命以降に起きたことです。

名越　どういうことです？

光岡　近代になって人間は概念の世界をどんどん広げ、社会構造や都市構造を具現化した。環境を人工化して行く中でいまだかつてない自分を構築していかないといけなくなった。たとえばアイデンティティという語が典型ですが、思想や主義や制度といった思惟的に作った人工的環境に合った自分を構築しないと、その社会形態では生活できなくなるわけです。

思惟的な存在になった上で自分のアイデンティティを強くしていかないと、概念ベースの社会構造の中では生きていけない。

ということは、さっきの正座でいえば、そのままだったら左右観があったのに、概念化されたイメージなどを用いて気を頭に上げて思惟中心の身体や感覚になると、左右が同等に弱い状態が身体性として浮上してくる。弱くなった自分を直感するからこそ、左右を均等に鍛えようとする筋トレ、ウエイト・トレーニングやボディ・ビルディングを求める身体観と感性が求められた。

名越　なるほど。両方が弱くなったから左右を均等に鍛えたくなる衝動が生じるわけか。

光岡　アメリカ兵がアフガニスタン軍の兵士にジャンピング・ジャックというトレーニングをさせる動画がありました。彼らはうまくできないから、そのことをもって「こんなこともできないなら戦争に負けるはずだ」と揶揄してる人がたくさんいました。でも、ジャンピング・ジャックが必要なのは気が頭に上がって弱いからですよ。何らかの方法で少しでもいいから身体に集注を下ろしたい。それがたとえジャンピング・ジャックのような単純な運動でも。アフガニスタン人には、おそらくその必然性が身体や感性としてない。そもそも普段から気が下がっていて、身体に集注した生活を送っている。近代以降に作られた運動形式や体操を見ると、それらのほとんどが左右ともに均等に強くしたがるでしょ。

名越　思惟的身体から始めているからですね。

光岡　そう、気が頭に上がり思惟的身体に集注が残り、それで理解できる範囲の物質的な身体、意識が対象化できる物理的身体だけが身体の現実性の規範になっている。それが現代人のマトリックスになってます。

経験的身体が観えない現代人

光岡　「シンメトリックな両弱化状態」が現代人の多くに共有されている普段からの感じでもあり、身体観でもあります。どうすればいいのかとなっても、シンメトリックな世界の方がわかりやすいので、物理的に、それもシンメトリックに鍛えようとする。思惟性に支配された思惟的身体欲求としてそっちに進んだ。これが左右対称に身体を鍛えるボディ・ビルディングとかウエイト・トレーニングが社会現象として生じた主な要因だと思います。

名越　それってまさに客観視と言っているものですよね。

光岡　そうです。

名越　ある種の身体のキャラクター化みたいなもんやね。いま話を聞いていて、往年の名レスラー、スタン・ハンセンがなんであんなに人気出たのか直感的な部分でわかった気になったんです。彼は両利きで動きが何というか、とても対称的だった気がするんです。だから二次元的でかっこよく見える。プロレスは思惟的に作られているから、そっちの方がおもしろいでしょう。

光岡　武術でいうと古今東西の文化圏を問わず、実用的に刀剣を差す側は必ず左腰です。剣の持ち方は両手ならば右手がかならず上にくるし、片手の場合は右手の片手使いばかりです。また盾を使う文化圏ですとかならず盾は左手、剣は右手に持ちます。メソポタミア、アッシリア、アッカド、エジプト、インド、中国、日本もそう。それは左右の傾向の違いが自然と共有されていて、左右観があるという感覚経験が一般的だったからです。また逆にいまの私たちのように概念の世界で生きることの方が割合としてマイナーだったから身体の邪魔をする雑音やバグも少なかった。

名越　左右観が正座ひとつでわかるわけでしょ。こんな簡単なことに誰も気づかない。

光岡　よく見ると自覚はないけれど気づいています。

たとえば陸上の選手で右足を後ろに引いてスタートする人と左足を後ろにしてスタートする人がいる。スタートの仕方が縦の気を使う人と横の気を使う人で分かれる。左後ろにした方が浮きがかかりやすい。右後ろにしている人は重さをうまく伝えていこうとする。

名越　走り方が違うんや。重さがかかっている方は浮き上がらないってことですか。

光岡　ゴルフボールとピンポン球のサイズは同じくらいですが、重さの違いからボールを飛ばす技法の違いが生じます。たとえば重い物でゴルフボールを打つと加速し早く遠くへ飛ぶ。ピンポン球を早く飛ばす技術と技法には重さを用いて距離を伸ばす技法はない。重力を身体でうまく使える人は確かに短距離は強いだろうし実感あるスタートが切りやすいけど、ピンポン球を加速させられるような身体観を得ている人は、浮力をうまく使い加速する技法を持っていて速度を上げることができます。

名越　操作としてはめっちゃシンプルなのに誰も気づけないのは、何らかのブロックがあるんですかね。

光岡　思惟的身体が前提になっているから、スタートでどちらかの足を後ろに引いていても、概念の世界では身体は左右対称の現実性が存在しています。人間の脳もシンメトリーな世界だからそこに落ち着こうとする。

名越　そうか。全く関心がなくなるわけか。そういうことがあるとも気づかないんや。

光岡　大抵は運動についても、筋肉や筋骨格という物理性でしか見ないし、その物理性も概念ベースで左右対称と思ってるから左右を同じように鍛え始める。でも、「経験的身体」は明らかに左右差を経験として知っている。それこそ脊椎動物が地上にいた時代から左右観を持って生きているから。

名越　ほんとに人間って、与えられた概念の中でボーッとして生きているよね。

塵浄水の礼で知る勁道

光岡　身体が規格品みたいに一律化されているので、「左右対称にならなくていい」と知れば、だいぶ身体が楽になる人もいると思いますよ。

名越　両方うまくできないことを不器用に感じて、そういうところに劣等感を覚えたりする人もいるでしょうしね。

光岡　あまりにも気づけない人が増えたら提示の仕方を変えないといけない。たとえば相撲の塵浄水《ちりちょうず》の礼というのがあるんですが、正座した状態で真似してみてください。さっきの正座と違って力を加えると、両方が安定するでしょう。で、いったん膝立ちになってまた正座すると、また左右観が生じる。

名越　ほんまや。何かが切り替わっているんや。

光岡　これを「勁道《けいどう》」と私は定義してます。勁道が通ることで身体が切り替わるから相撲に必要な足腰や腹などの身体性や身体観がそこに導き出される。これは稽古方法ではなくて礼式であり礼法です。そうしておくと、その流派の人はその所作を誰でもやることになる。最初に相撲の世界で塵浄水の礼を作った人が「相撲はこういう身体性でないとできませんよ」という式、型を残したわけです。

名越 それでわかった。数年前に野口裕之先生に「引っ越しするんです」と言ったら「お坊さんに来てもらってお祓いしてもらうといいですよ」と返された。「そんな徳の高いお坊さんいますかね」と言ったら、「いや、あれは所作をやってもらうことがいいんです」と仰った。実際、その作法というものをとり行うことが、なぜかその場を変えてしまう。もちろんきっちりと三昧に入って行われる僧のそれはさらに凄いでしょうけど。

光岡 手や足の所作といった身体レベルの範囲で起きるのが武術の型だとしたら、もっと広くなるとお詣りの順番だとか作法になります。また、密教だと行法だったりしますよね。運動の大小の違いだけで勁道が通るように昔の人がデザインした。前提は左右が非対称だから、相撲みたいに両方が安定することはイレギュラーなわけです。

名越 そっちが不自然なんですよね。

光岡 不自然というより、不自然と非自然の違いです。不自然は自然が成立しないこと。非自然はある意味で地球上の自然を超えたところ、自然界に非《あら》ざることが存在する現象なんです。大きさも形も違う石の縁と縁を合わせながら石を積み上げるロックアートみたいなものです。やってみるとわかりますけど、あれは自然界で落石があったとして、偶然にロックアートのように積み重なることはまずありえません。絶対に一〇〇パーセントないとは断言できないけれど、自然とそうなる確率はかなり低いでしょう。けれども自然界の法則に反していたら絶対ロックアートのように石を積み重ねることはできない。人間はそのような「非自然＝自然界に非ざること」を求められるようになりました。身近な自然の姿のさらに向こうがわにある肉眼では見えない自然を知ることができるようになった。

名越　非自然となったときになにか神的なものを感じますけどね。

光岡　神というより、私はやっぱり「非自然＝自然界に人間なくして非ざること」かな。私の感覚ではそこに超越性もない。ロックアートは自然に非ぬことをしているなという感じがします。

名越　だけど与えられた法則の中でやっている。

光岡　そこが昔の人が型によって左右が定位する非自然を導いたことにつながります。人間は最も不安定だから、さまざまな哺乳類の中で誰よりも長距離を走れるようになった。片方が定位して、もう片方が不定位だから全体的に不安定さが増し自然と動力が上がるので動きやすい。このルールは人間も動物も同じ。不安定だと動力が高く、安定してくると動力が働いていない状態になる。人間の場合は四つ足でバランスを取ることも止《や》め、もっとも不安定な生き物であるが故に安定性を求める術が必要になった。それが型や式のひとつの役割です。両定位すると落ち着いて座れるようになります。そこには〝定住していい〟〝動き続けなくてもいい〟感覚が生まれる。

名越　独特の感覚です。

信はどこで生じているか

光岡　外力を加えられるまでわからないでしょ。あれが勁道で感覚以前の現象。外から押されて刺激を入れられて初めて気付くことができる。感覚としてそのときに明確化するけれど、実際は押されるよりも前に現象は身体に生じている。けれど、そこに実感が湧かない。それが気とか勁とか霊といわれていることだと思うんです。

名越　拝むとか祈禱とか祈りはその領域の気がします。

光岡　そうです！

名越　「おー、効いてきた」じゃないんです。

光岡　気づいたらそうなっていた、みたいな。

名越　効いてきたというのはマッサージでゴリゴリされたりしたとき。そうじゃない。

もっと独特のいわく言い難い感じ。感じられはしないんだけど。

光岡　これがいま失われつつある文化なんです。また何より文化の源にある身体観と感性も失われつつあります。結構まずい状況です。

名越　「リセットしましょう」とよく言うじゃないですか。そういう場合って欲求不満を解消するためになんですけど、さっきの左右が定位して、それからまた左右観が生じるようなリセットとは違う。

光岡　身体レベルで起きることで、そこは感情や感覚が触れられないところです。

名越　ははーん。きっとこれ活字では伝わらんやろな。でも、言いますけどね。これって「信」とも関わってきませんか？　感覚は実在するわけやから、奇跡を見てそれを信じるのは当たり前。でも、それは信とは違う。

儀礼を通じてでなければ起こってこない信。仏教における信はどういうものかと言ったら、ある時期に「仏さんがつながってくれる」という言い方をするんです。自力ではできない。

だから「やっと感得できました、出会えました」と言ったところで、「仏さんが呼ばれたんやで」ということも言いえる。仏さんは声も出さないし肩を叩いてもくれない。現象として結果があるだけ。

「なんであなたは弘法大師の言っていることに信頼を置けるの？」と言われても、よくわからへんのですよ。特別な真言僧が病気を治しているとか台風の方向を変えたとか。実際不思議な現象を目の当たりにしたとしても、信が起きるかというと薄皮一枚違う。そういうものにいま触れた気がする。

光岡　現象は認められる。けれど、それは信とは違いますよね。そこには「信」と「認」の違いがあります。結果を現象として見せてくれたら、そういうのは受け入れたり認めたりはできる。ただ「信」はと言ったら、台風を起こしている動因。そもそもの理由みたいなところ。本当の「信」とは現象や結果を見せられる前にある状態で、同時に見返りを求める気持ちもなく、希望的観測もなく身心の底から確信があることを指しますよね。

名越　「台風が曲がりましたね」と和尚様に言えば、「言うこと聞いてくれた」みたいな会話はあるんです。でも、そこで信が起きているのではない。その奥に触れてるものがあるなとわかってくる。それは短絡的に言うと僕の中で「感覚以前の何かを感じている」としか言いようがない。でも感覚ではない。

光岡　矛盾があるんですよね。感覚以前だけど全く別の次元で感じるといった。それが観音の観だと思うんです。音は観えるんだけど感じられないみたいな。

名越　観世音っておかしい言葉です。観る世界の音。世界の音を観る。わざとずらしてある。

光岡　「勁道」も多分そうなんですよね。音を観る感じみたいなもの。不思議ですよね。

死生観を前提にした生き方

名越　月二回お寺には通いますが、いろんな話を聞いてます。いま光岡さんの話でふっと連想的に思い浮かんだのは、和尚はもう九十四歳になられるけどますます拝んでおられる。

この十年来は、南海トラフ地震を心配されていて、僕には計り知れないけど、拝んでいる中で「ここまではいった」という段階を感じておられるようです。あるときなどずい分疲れておられてるような感じがしたんです。「ちょっと脈を見てみんか」と言われたので、僕が見たら脈が飛んでた。「そうじゃろう」と言わはった。「よっぽど拝んでおられるのですか？」と聞いたら「いまは命懸けで拝んでいる」と言われはる。

その後に、若い頃に親友やった人の話をされた。街中で予科練に行った友人と偶然会ったそうです。そしたら「明日行くんや」と。特攻ですよ。その友人は本当に爽やかな感じで言って、すっと人ごみの中に消えて行った。いまだにそれが映像として記憶に残っていると。「自分も彼らに（死後の世界で）会ったときに恥ずかしくないように拝まないかん」。

僕如きが心情を測ることはできないけれど、和尚様をしてその人の爽やかさが印象に長く残るということは、それは死の世界に手放しになっているというか……仕方なさ。

それって世の中のいう「仕方ない」ではなく、「みんないつか死ぬんやから」という仕方なさと連関している気がする。

ここは活字では表現できないのだけれど、仏典の言葉をあえて使うと、この仕方なさは「本不生」という言葉になるかも知れない。爽やかに「じゃあな」と消えていった。その中に温かさや友情の変わらなさも全部含まれている。「もっと話したかった」「会いたかった」もない。死をそういうものとして捉えておられるんだなと思いました。

光岡　死生観を前提にすると、日々生きていく中で感じる「マトリックス」の世界の喜びには共感しづらくなる。かといって、思惟的に理解できることだけで人生を生きることはそれはそれでマトリックスの中のように幸せだと思います。ある意味マトリックスの中にいることすら一生気づかず、ずっと夢の中にいられるわけですから。そのようにしたい願望は大なり小なり人間にはあるし、そういう幸せもひとつの生き方です。何もそれを望む人たちを啓蒙しようというのではなくて、気づける人、気づきたい人は気づいた方がいいかなとは思います。映画『マトリックス』の中でネオやモーフィアスたちを裏切る人物・サイファーが、それが偽物だとわかっていてもマトリックスの中で構わないから美味しいステーキを食べたいんだという。いまの世の中を見渡すと彼のような選択をとる人が多くいることがわかります。現実は常に不都合で満ちていて大変だから夢やマトリックスの中にいた方がいい。

名越　僕は六十代になって、うちの母親も八十代後半です。六十歳を超えると八十歳が見えてくる。七十歳なんか地続きですよ。

　こないだ『83歳のやさしいスパイ』という映画を見たんです。特別養護老人ホームの中にいる老齢の女性がいじめられているということでスパイに入って本当か調べるというストーリーで、「八十歳以上を募集」と広告を出したら山のように応募が来る。というのも八十歳となった途端に全く仕事がないから。

つまり八十歳からはマトリックスがないんですよ。なんでなん？　百二十歳まで有効なマトリックスの世界を作ったらええやん。マトリックスってパンの耳がないんです。美味しいところしかないのが弱点。マトリックスの世界にあまりにも同調性があるから、そこに気づけなかった。

だから八十歳越えた途端に企業の相談役になる人なんかでさえお金があっても結構孤独でしょ。そこから嘘でもいいから本物の味のするステーキが食べられるストーリーを書いておいてよと思うわけです。そのつながりすら断たれる世界があって、その希望のなさをどう回避したらいいのか。そう思っていたんです。

ところがさっきスリーパーホールドされて、あまりに自分のイメージが幼稚やから言わなかったけれど、死からさらに広がっていく感じがあった。マトリックスがいう死とは全然違うでしょ。死の前に白紙の世界がある。好対称なくらい違う世界がある。

光岡　確かにそうですね。マトリックスが八十歳以上にはないというのは盲点です。

死んだ先の仕事も意外と多い

名越　死から先はわからないのは、確かにそうだけど。死に近づいていくとそれが生とセットになっていることではあるという感じはするから。

光岡　古典の世界では、死は生と同じくらい描写されています。チベットの『死者の書』もそうだけど、死後をどう過ごすかが厳密に書いてある。

名越　身体が動かなくなってから勝負やと言いますもんね。最後にものすごく光り輝く存在があって、そこまで行くとほとんどは地獄落ち。明るすぎてびびって摑めないから。それをなんとか摑めという。だけど僕なんかジェットコースターで「キャーっ！」って言っているくらいやから無理よ。

光岡　『死者の書』のおもしろさは、「何日目にこういうのが出てくる」と詳細に書いてあるところです。急に光が差すのではなくて行程がある。あれは経験として個人が書いていると思います。いまの人はフィクションだと思うし、ＳＦと同じ並びにしてしまう。だけど、あれが個人の経験だった。

名越　死んでからの仕事が多いってわかります。

光岡　死は向こうから勝手にやって来る。私も来年五十歳であと生きたところで三十年前後。どう過ごそうかというのがあるんですが、そう考えると死生観を改めて見直すきっかけになったんです。

人は生まれて来て死ぬことだけは一〇〇パーセント確かなことです。その間に恋愛や結婚、また離婚や、盟友に出会ったり、また旧き友とは別れ新たな友に出会ったり、師、弟子たちとの出会いや別れがあったりもします。人の生まれ死に行くまでのさまざまな人生における出会いと別れについてどう思いますか。

名越　曽祖父が五回離婚しているんです。僕は尊敬しているけど、そんな体力ありません。

光岡　とにかくいろんな意味で結婚、離婚と言うのは体力を使う。だから名越さんが二回離婚した後も三回目の結婚をよくされたなって思いますよ。

名越　やっぱりまだ甘いなって思います。でも五回は無理や。

光岡　結婚も離婚もやってみないとわからない。これこそどちらも〝やってみるまでわからないことかと思います。

名越　僕はいまだによくわかってない。

光岡　離婚がわからないのは、結婚がそもそもわかってないからですよ。

名越　わかっているふりをしてきました。五十歳まではね。でも、わかろうとする対象じゃないなっていう気がしてきました。男と女の関係をひとつの時間単位として捉えることをあまり課題としてない感じがしますね。問題を作り出して問題を解こうとしている。それが修行なんかもしれんけど。

死ねない身体

光岡　近年のコロナの騒動で浮き彫りになったのは、大きく言えば人間における死と苦だと思います。多くの人の生死観は、苦しいなら死んだほうがいい。もしくは死にたくない。うちの養父は苦しむよりは死んだ方がいいという考えで、安楽死もなんとなく気にかけている感じです。そこに共感する人もいます。

一方で、どんなに苦しくてもあらゆる手を尽くして生きたいと望む人もいる。死にたくないという一心。このふたつの流れがあると思います。死と苦をどう受け止め認めるか。これらを専門に扱っているのが仏教ですよね。死と苦は一大テーマですから。武術もまた同様に死と苦に代々取り組んでいると言えます。

名越　父親やおじいさん、師匠だとか、いろんな人が周りで死んでいきます。気持ち悪いと感じることがあるんです。事切れるときはそう感じない。ところが遺体になって薄目を開けてポカっとしている様子はちょっと気持ち悪い。なんでか言うたら生きている顔やからですよ。完全に死というものではなく、死んでいるのに生きている感じがする。ゾンビというリアルが成立する過程がわかる。

死んでいることは頭でわかっていても、生々しい顔を見ていると死が怖くなる。これって死を恐れているんじゃなくて、起き上がってくるかもしれんみたいな怖れ。だからゾンビが怖いのは、死が怖いのとはちょっと違って、なんか誤魔化されているんちゃうかなっていうような、足元が抜けそうなところなんじゃないかな。

光岡さんにスリーパーホールドかけられたときの、死を間近に見た鮮明な美しい気持ちと全然違います。ここ数年、ゾンビの映画が流行ってますけど、あんなん見てどう思いますか?

光岡　時代変遷で見ると、『ナイト・オブ・ザ・リビングデッド』から始まって一九七〇年代にかけての作品だと、なぜかわからないけれど死体が起き上がってくる。そしてゆっくり歩く。ゾンビ観が変わってきてます。あとは『バタリアン』のような薬によって死体が蘇えるタイプのゾンビ。そこから最近は高速に動く、ウイルスに感染することでゾンビ化する。いまはパロディとしてゾンビやゾンビと人間の共生共存関係をどう築くかなど、各時代のゾンビ観はその時代の人たちの死に対する身体観や感性を上手く表していると思います。

名越　確かに最近はウイルスに侵されてゾンビになってしまうパターンですね。よく考えたら『進撃の巨人』は巨大化したゾンビだし、『鬼滅の刃』も吸血鬼的ではあるけれどゾンビというワクに入るかも知れない。

光岡　初期と比べて速度観が違って素早く走ったりするのは、人間の内面的かつ潜在的な「追いやられている感」から速度が上がってるんだと思います。それは私たちの心理傾向とか精神構造を物語っているように見えますね。『進撃の巨人』と『鬼滅の刃』もそうですが、その間にあった『東京喰種　トーキョーグール』は見事なゾンビ的な死生観を扱う作品でした。

名越　後世から見たら、二十世紀から百年くらい、ゾンビ狂いの文化だと見えるかもしれん。

光岡　死ねない恐怖ですね。あと自分でありながら、自分でない何かが共存してることが普通とされない世の中での息苦しさもあるのかも知れない。身体は一つ、感覚もひとつ、私はひとつ、みんなもひとつでいないといけない、他者性を認めようとしない環境に息苦しさを感じているんでしょう。なのに死ねない。自然と死ぬことを許してくれない社会がそこにある。

名越　なるほど。向こうの世界に行けない恐怖や。

光岡　ゆっくりだけど確実に「死ねない恐怖」「死なせてもらえない状況」がどんどんと加速している。さらには「自然と死ねないこと」は最大の苦でもあり、その苦も人類に共有され加速的に広がりつつあります。

名越　死亡の認定、判定も医師にしかできないことになっている。そういう身体や生命というものにおよぶ権力という点から考えても、人間をどんどん死ねない身体にしていきつつあるともみえる。

光岡　それもあくまで意識レベルの話で、潜在意識ではみんなの中で「死ねない感」「自然と死なせてもらえない感」が共有されています。ただ、そこを深く洞察し体感覚で考えることなく足掻くから苦しい。生と死をコントロールしようなんて最大の苦を生みだすだけなんだから、人間の生、死、身体、自然を見直す必要があるかと思います。

第五章　言語と身体、精神分析

名越　僕は歌を歌っているでしょ。でも「精神科医であるけれど同時に歌手でもある」と紹介されたりするんですけど、内心なぜか葛藤します。精神科医であるけれど同時に歌手ってほとんど歌手を意識してないから。

今朝もリモートでボイストレーニングを一時間半やった。鼻中間というか、頭部の中に声が響くところがいっぱいあって、蝶形骨や篩骨が作っているところ。そこをどう響かせるか。空気をどう振動させるか。ずっと練習している。先生がいうには日本人は苦手なんだそうで、それは表情が乏しいから。でも、光岡さんは表情筋が動いてますよね。

光岡　アメリカに住んでいたからというのは大きいでしょうね。それと幼いときに母と叔母と一緒に半年ぐらいかけてロシアからチェコスロバキア、フランス、スペインと旅して回ったこともあります。チェコに千野栄一という叔母の知り合いの言語学者がいて、その人の家に泊まったりしました。

後で知ったのは最終地点だったスペインに母は住むつもりだった。ただ、現地の水が本当に合わなくて。硬水で私も母も叔母もいつもお腹の調子が悪かったから住みませんでした。

名越　水が合ってなかったらここにおらんかったんや。そういう経験あるからみんなより表情が豊かなんやな。

光岡　スペインでは滞在中に住んでいたマンションの目の前に大きな広場と小学校がありました。アジア人の子が珍しかったようで「あそこにハポネス（japonesas）が住んでいるらしい」と噂になって、子供たちが興味深くみんな寄ってきた。最初はチノ（中国人）か？　とか、チノとハポネスは違うのか？　とか聞かれたりしました。私が日本で流行っていた超合金とかミクロマンの人形などのおもちゃを持っていたから、地元の子供達ははそんなの見たことなく知らないから興奮して「ハポネスが持ってるおもちゃがすげぇ」と小学校で伝わって、みんながおもちゃを家に見に来るようになった。

現地の子らの遊び道具といえば皮の袋にビー玉を入れて、地面に穴をほって互いに弾いたりしてビー玉の取り合っこをするゲームとかで、私も向こうの子達とよくビー玉で遊んでました。

名越　ビー玉遊びはあるんやね。僕らと一緒や。

光岡　子供たちと遊んでいたとき、日本語でもスペイン語ではない何か別の言語で彼らとコミュニケーションをとっていた。いまから思い返すとそれピジン語だったんですよね。違う文化圏の子供らが集まるとお互いがコミュニケーションできる言語を勝手に作っていく。それを使っていた。

名越　そこらへんにコミュニケーションの謎がありますよね。

光岡　表面的な言葉がわからなくても、表情とか身体言語や形態言語で人間はいずれコミュニケーションがとれるんだろうなというのが、経験として私の根っこの所にあるんだと思う。文化圏が違っても、仮に共通言語が通じなくても。

名越　先日、ハワイにいる方とリモートで対談してくれと言われて、一時間くらい話した後、「名越さんはハワイのコミュニティに入ってもすぐに友達百人くらいできますよ」と言われた。僕もすぐ友達を作ると思います。でも、日本だけは合わへんかった。

中学や高校は全然合わへんかったね。なんかそのときに「このコミュニティに馴染むにはどうしたらええか」という別の自分を作ったのかもしれない。

この前、釈徹宗さん[*1]に笑われたんです。名越さんは興味のない人には完全に初めから嫌われてもええっていう顔をしていると。そう言われて、え？　そんなことないでしょと思ったら、「いや、あなた見ていたらハラハラするときがある。全然この人とは仲良くならんでええと、初めからひどいこと言ってますよ」と。そうかな？

光岡　自覚ない？

名越　ないです。かなり失礼なこと言っているらしい。それはより大きなコミュニティの中で自分が早く馴染める戦略としてやっているのかもしれない。

光岡　でも、直観的に気の合わない人とは結局は合わんから。時間と労力の無駄だからそこにエネルギーを費やすことへの拒絶は、ある種、直感的で本能的なところではあるよね。私もそれはわかります。気の合わん人と付き合うのは無理せんといけんでしょ。無理せんいうのは自然なことかもしれないから。

名越　この前、動画で見たんやけど、ひどく飢えているわけでもないのにヤマアラシにやたら興味を持つジャガーがいたんです。ジャガーがちょっかい出したらヤマアラ

＊1　一九六一年大阪府生まれ。浄土真宗本願寺派如来寺住職、ＮＰＯ法人リライフ代表。

シはバッと針を立てる。しまいにはいっぱい針がジャガーに刺さった。こいつある意味空気読めてないジャガーやわと。人間もそうやないですか。実際に針とか角はないけれど。

光岡　人間も見えないトゲや針、爪や牙、角は生えてるけど。けっこう互いに刺したり、刺されたり、ひっ掻いたり、噛んだり噛まれたりしてますよね。

アメリカでの原初体験

名越　この人とは未来永劫合わんなみたいな人はいます。もちろん、カウンセラーとして接するときにはおそらく八割くらいの人とはコミュニケーション取れるように思うんですけど、でも個人の僕になったらある程度影響を与え合えるのは二割くらいだろうと。

ほんなら、それをどの時点で峻別するのかってすごい大事で、結構早めにそれはわかっておいた方が良くないですか?

光岡　絶対そう。さっきのジャガーにしても「こんなはずじゃなかった」と思うかもしれんけど、ヤマアラシからしたら「そりゃ、あんたその間合いに入ったら刺さるよ」という話でしょう。

名越　「友達やんな！」と言われて、そのグループから抜けられなくなった。自分はそこに適応するためにいい顔してるんやけど無理してる。周りは「あいつ何でもイエスと言ってくれて付き合いええよな」という関係で中学校で二年くらい経ってしまう。ありそうな話でしょ。ということは、いちばん最初が肝心やということ。せいぜい一ヶ月くらいで見極めたほうがええんちゃうかな。

光岡　私の場合、小学校六年生の終りの頃にカリフォルニアから日本に帰って来て、帰国子女の扱いがあったから「そもそもこいつは違う」というのが最初からあって楽だった面もあります。向こうが勝手に私にラベルを貼って、それはこちらの事実や気持ちとは関係ないんだけど。とりあえずみんなが勝手に私に「アメリカ帰り」のラベルを貼って安心したり、何かを考慮したり、意図的にあるいは無自覚に差別したりとか事実と関係なく勝手に何かを投影していました。

名越　僕らの頃は制服があって、みんな一緒やから「この人と合う合わない」というのがさらにがわからへん。でも、制服には貧富の差とかわからなくなる利点はある。けど、ジャラジャラしたもの付けた『パイレーツ・オブ・カリビアン』みたいな格好もいれば、丸刈りの子もいたら、そしたら初めから選べるやん。パイレーツの方がええなとか。それくらいの幅があったらこの子とは馴染む馴染まへんがわかりやすいんとちゃうかな。

大人になってからはスーツを着ている人ならちょっとテンションあげてかたく話そうとかなるし、この人とは合わへんなとかごく自然に決めている。それこそミュージシャンで崩したファッションだったら、無意識的に独特の価値観はどこらへんに光っているんやろ、とかあたりをつけてる。そういう印象も手がかりとしては大事かなと思います。

光岡　それで騙される場合も多々ありますけどね。スーツを着てキチンとした格好してるから、この人はマジメで大丈夫な人だとか、何々の仕事をしてるから信用できるとかもそうで、人は安易に表面的にしか他人を見なかったりする。

また、本人が意図しないでも仕事上、スーツを着ないといけないとか。制服をちゃんと着ないとダメとか。互いにラベルの貼り合いで社会の中で安心しようともする。逆にギャップがあるおもしろさも規範が同じになっている。たとえばきゃしゃな人がメッチャ武術的に強かったり、見た目がギャルでも哲学的な話に精通していたりする。

名越　ああそうか。あと戦略的に使ったりね。日本ではそこまでのバリエーションがないように感じるんやけど、光岡さんが太平洋や大西洋を超えたバリエーションの中では、そこが攪拌された経験があるんですか？

光岡　私は人を人種や国籍で括れないです。カリフォルニアで通ってた小学校は海側と山側に住む子供がいて、海側は俳優のマイケル・キートンとかが別荘を持ってたりするシーランチというリゾート地に育った金持ちの坊ちゃん達がいる。〝坊ちゃん風の髪型〟で上までボタンをとめたポロシャツの上にベストを着て、ブランド物の服を着てたりします。

　かたや私のような山側の子供たちは狩りを普段からしたり、半ば自給自足の暮らしをしていました。服も安く丈夫なネルシャツにジーンズ、また常に山の中にいるから子供の頃からバックナイフやハンティングナイフを持ってました。異なる生活様式と文化圏の子供たちが全校で幼稚園から八年生までいて。全校入れても百六十人ぐらいしかいない小学校に通っていました。アメリカ社会の中での階層もライフ・スタイルも人種も違う。無論、育った環境が違うので価値観が同じではない。そこがアメリカのいいところで、リベラリズムや自由意志、インディペンデンス（自主性）はあれを経験しないとわからないかと思う。

名越　さすがに日本じゃそこまでの差がない。ここにも日本のリベラルの間口の狭さがあるんや。そっか理念じゃないんや。コミュニケーションとろうにも、違いの幅がわからへん。それやったらとにかくわかるまで聞こう。それをやらんかったら一日として過ごせないわけですね。

光岡　アメリカの場合、生活様式や人種の差だけでなく貧富の差も相当ある。私が通っていた小学校では、山側のそこまで裕福じゃない子供らも金持ちの友達の家に遊びに行ったりして、プライベートビーチでマシュマロを焼いて食べるみたいなことも普通にしていた。

私の仲良かった友達の一人はクレイグ・ロジャーズといって白人の子で、お父さんはアメリカで当時二番目に大きな飛行機製造会社、ビーチクラフトの副社長だった。もう一人の良く遊んでいた仲のいい友達は、メキシコから来た移民の兄弟で、エフレン・アフレンテスとエディ・アフレンテスで、彼らは言うまでもなくそこまで裕福ではなかった。でも、みんなでよく遊んでました。

軸がなくても平気な日本

名越　いい悪いは別にして、日本は周りを見て自分を決める文化です。アメリカへ行ったら周りに合わようにも、でこぼこすぎてどこに合わしていいかわからなくなるでしょう。

光岡　生まれ育った環境だけでなく、宗教や政治的思想など価値観が違ってて当たり前なんです。モルモン教やエホバの証人からプロテスタント、カトリック、民主党と共和党、緑の党など色んな軸がある。アメリカに住み始めた頃のことでいまでもよく覚えているエピソードがあります。小学校二年生〜三年生クラスにジョンという子がいて、彼の家はエホバの証人だったんですけど、彼と教員の先生との間で勃発した出来事が忘れられません。

アメリカの学校ではど田舎でも朝礼で右手を胸に当てて、こう言うんです。

I pledge allegiance to the Flag of the United States of America, and to the Republic for which it stands, one Nation under God, indivisible, with liberty and justice for all.（私はアメリカ合衆国国旗と、それが象徴する、万民のための自由と正義を備えた、神の下の分割すべからざる一国家である共和国に、忠誠を誓います。）

要するにアメリカに忠誠を誓いますって内容です。

名越　それがアメリカの強さやね。カルトぎりぎりでしょう。

光岡　いや国家ってカルトですよ、規模が大きいだけで。その毎朝唱える「忠誠の誓い」なんですが、ジョンだけがそれをしないんです。国家がいう神には忠誠は誓えないと言うんです。

ある日、彼が少し横暴な態度で「忠誠を誓わないでいいんだ」と言っていたら、アシスタントティーチャーをしていたメキシコ系の女性のマダリン先生と口論になり、ジョンが先生に腕を捕まれ無理矢理立たされて「アメリカに住んでるんだから、みんなと同じように立って忠誠を誓いなさい」と言い合いになっていた。彼の主張は一貫して「僕はエホバの証人だからしない」と言い、先生は「エホバでも何でもアメリカに住んでるんだから、忠誠は誓うべきだ」と主張する。そんな風景を小学校二〜三年生のクラスで見るんですよ。まあ、ジョンは親から国や国家が主張する神よりもエホバが上だと教育されているから、そのように主張するのは仕方がない。

名越　アメリカはキリスト教者が多いけど、国家と宗教への忠誠は両立するのかな。でもエホバの証人は神と直結しないとダメなんや。それはアメリカにおいて許されるの？

光岡　互いの言い分が違うんです。エホバ側はエホバが定義する唯一の神のみに尽くすことを許されている。国家側はアメリカ合衆国憲法に信教の自由・宗教の自由が保証されているから許さざるを得ない。うまい具合に変に噛み合っているから宗教や信教を主張する側には有利になっている。

名越　日本人は軸がない、というよりなくて平気なのは、みんなが同調性で生きているから。話を聞いていて、アメリカに行ったらある程度の軸がないと自分を見失うような気がしました。

英語の話せる身体性

光岡　私はそのジョンと喧嘩して停学になったことがあるんですよ。まだ英語がしゃべれなくて、でも私が日本人だということでなんか言ってきて、それが馬鹿にした感じだったからケンカになった。

名越　言葉が話せなくても「あ、こいつ軽視してるな」ってわかりますからね。

光岡　おそらく彼も学校で唯一の〝エホバの証人〟というマイノリティだったから、さらにマイノリティである私に差別の意識が向いたんだと思います。やはり差別はあるんです。先生でもアジア系の人が好きでない人もいたし。ジョンの場合は、自分たちが差別対象になっているから、そういう人は自分以上に差別できる相手を常に探して差別しようとする。イジメの原理ですよね、これって。それで私との喧嘩になった。先生に捕まっても英語がうまくしゃべれないから言い訳もできないし、見つかったときに私が馬乗り、マウント・ポジションだった。向こうに売られたケンカだったけど私の方が印象が悪い。でも確かケンカ両成敗で彼も停学になった。

名越　発見されたとき、光岡さんが一方的に暴力を振るっているかのように見えたわけや。それで英語がしゃべれるようになったのはいつぐらいから？

光岡　七歳でカリフォルニアへ来て、話せるようになったのは十歳くらい。あるときから急に英語がわかり、聞いてわかるし、しゃべれるようにもなっていた。身体性が切り替わらないとネイティブにしゃべれないけど、それがしゃべったりわかるようなったときは体感覚でわかったんです。ずーっとカリフォルニアの小学校行きょおて。これ、ちなみに〝行きょおる〟は岡山弁ですけど、英語がずっとわからんまま小学校に行かされていて、ある日、小学校四年のときに、周りの子たちのしゃべっている英語が「あれ全部わかる」ってなっていた。それまでは部分しかわからなかったけど、何がキッカケかはわからないけど英語が理解できるようになっていた。毎日百円をひと月もらうより、たった一円でも毎日倍にしていくと一ヶ月で膨大な額になるって話がありますけど、そういう話の立体版と同じ。

名越　指数関数的に理解が増えてたんや。

光岡　数字の場合だと一気に倍になるだけ。それが立体的に三六〇度×三六〇度くらいで起きる。シナプスがつながる感じなのかな。バチパチパチ、パッパッパって何かがつながり「あれ？　英語がわかる」ってなった。でも、これは誰しも経験しているはずなんです。赤ちゃんの頃に母語を覚えた際、意識レベルでは〝いつ、どこで〟など「母語を覚えたことは覚えていない」けれど、ある日あるときから気づいてみたら「日本語わかっているわ」みたいな状態になってる。私はただあの経験をもう一回しているんですよ。

小学校のころアメリカで暮らしたおかげでネイティブな英語がしゃべれるようになったけど、それってある意味でダメなこと。というのもおかしいけれど、ジャパニーズ・イングリッシュしかしゃべれなかった日本人の方が日本的な身体観ではあるんですよ。たとえば「This is a pen」と言えず「ジス・イズ・ア・ペン」みたいな感じで腹と背骨でしゃべるジャパニーズ・イングリッシュだと、厳密には別の言語形態ができあがる。そっちの方がネイティブな日本人には合った英語ベースの言語である可能性が高いわけです。

名越　めっちゃわかります。高校では受験の英語はきっちり教えてくれる人ばかりだけど、夏休みに臨時で教えてくれた人がいたんです。その先生はネイティブみたいな英語を話せた。他の英語の先生はそれこそジス・イズ・ア・ペンみたいな感じ。不思議なことに英語の授業やのにネイティブみたいにペラペラしゃべった先生に違和感があって、ジャパニーズ・イングリッシュだと「英語の授業が始まったな」と思う。それが僕らにとっての英語の授業やった。

身体性なんかわからないけど、光岡さんの話す日本語は丁寧でしょ。日本語がちょっと不自由な感じがしますよね。

光岡　岡山弁じゃないから。岡山弁しゃべり出したら不自由さはなくなりますよ。標準語が第二言語で英語が第三言語という感じ。

空手と不良の道のあいだで

名越　アメリカから岡山に来たのが中学生でしょ。そこから武道始めたんでしたよね。

光岡　中学では近くの神社でやっていた道場で空手を習い始めました。丁度、道場破りなどもなくなりはじめていて「青少年のための スポーツとしての空手」的な時代へ変わりつつある頃でした。ただ、内実は道場破りや他流派の道場とのライバル関係や、ケンカも前提で空手を試みた人たちが先生をしていました。私が通っていた道場は「ヤクザとは喧嘩せんように」という教えというか、言い伝えがありました。

その理由が指導していた先生の一人が飲み屋で喧嘩になってチンピラを五人ほどのしてしまったんですよ。そこから組との手打ちまでが大変で、先生の家や会社まで御礼参り的な嫌がらせをその組の者がしに来るんですよ。だけど道場の館長が建設会社をしていて、空手や他のことでも知られていた人でした。館長は、その組の組長を知っていたから、そのヤクザとケンカした先生とで組に挨拶と謝罪に行き話がつきました。どっちも若いもんがしょうもないことでケンカしたという話でケリがついたようです。そこからその道場では「ヤクザとはケンカせん方がええ」という話として伝わってました。あと高校でも部活で空手をやってましたけど、それがあったから通えたって感じですね。

名越　馴染めなかったんですね。

光岡　制服とか嫌でね。だから中学生のときは生徒会に立候補して、制服なくすことを公約にしたんです。先生や生徒のみんなに呆れられましたね。よく「なんで制服を着んといけんの?」と尋ねてましたけど、教師は「生徒手帳に書いとるから」としか言わない。アメリカ帰りで生意気なことも言うし、不良じゃないけど〝面倒な奴〟だったと思いますよ。制服は平等性のためにというけれど、なら着たいやつは着て、着たくないやつは着なきゃええがという話をしてました。そんなことから先生たちにはあまり好かれてなかったかな。

名越　いわゆる不良グループからの引きはなかった？

光岡　中学の頃から誘われたけれど、武道と不良の両立は難しい。単純に稽古や練習に費やす時間を考えると時間的に難しいと感じました。武道と勉強の両立も難しいけれど。私の場合は武道・武術がしたかったんで他のことに時間を割くのが嫌だった。

名越　たむろしてタバコとか吸って、ゲーセン行ったりとか時間かかるしね。

光岡　そう、T君という子がいて彼は岡山の不良の間ではケンカで有名だった。小学校から中学へ上がるときにふたつ異なる小学校からひとつの中学へ入るようになっていました。T君と私が違う小学校から同じ中学になったので、周りが〝どっちの方が強いん？〟みたいな話になって、中学校で一番最初に彼と喧嘩するはめになってしまった。彼は家が右翼だかヤクザかでそういう素養を既に持っていた。

当人たちはそうでもないけど周囲が勝手に「どっちが強いんか？」みたいな話で盛り上がっていた。面倒だから避けていたんだけど、誰かに上履きに押しピンを入れられたりしたんで、少し腹が立ってました。

名越　押しピンとか『ガラスの仮面』やん。少女漫画のいじめかたや。

光岡　そこにきて「光岡の靴に押しピン入れたんはTの連中がやったらしい」と注進

してくる子もいて。そこから、じゃあ放課後に公園でケンカして話をつけようということになった。そしたら公園に観衆が十数人以上いた。しょうがないからやるかとなっても恨みもない。距離を詰めて殴ってきたのをタックルして馬乗りになりマウント・ポジションとって、一発殴ったらもうなんもできんのよ。ただ防ぐだけ。

名越　マウントの返し方が知られるようになったのもグレイシー柔術以降でしょう。

光岡　そう「ただの馬乗り」が「マウント・ポジション」と格好のいい名前になったのは九〇年代中盤から。柔道とかレスリングをやっていたら返し方は少しわかるけど、でも彼は喧嘩しかやってないし、いまのように色々と格闘技や武道が一般的には知られてない時代だったから仕方ない。まあ普通の喧嘩はヤンチャな分だけ強かった。他の中学へ行って相手を校門に呼び出し、相手が出てきたらいきなり警棒で殴るみたいなことをしてた子だから。

名越　先手必勝なんや。

光岡　まあ、そのときの最初の喧嘩は私が馬乗りにマウントとって殴ったけど、このままだと私がただボコボコにするだけだから、一発殴った後に「大丈夫か?」と言ってしもうたんです。彼も少し驚いて「お、おう……」みたいになって。周りも「……え?」という感じになって、みんなしらけて、私がもう止めよう言うて止めました。

名越　「大丈夫か?」というのが、そこがもう普通の子供と意識が違うよな。

光岡　いや、そこは相手がもう何もできんのですからそう言うしかないからそう言っただけです。彼がその夜に電話かけてきて「光岡さ、今日は悪かったな。今度一緒に遊んだりせん?」。あのときは彼の誘いに乗った方がいいのか反《そ》った方がいいのか、一瞬考えました。彼が遊びたいというのは夜な夜なだから。「空手やりたいからそんな時間ないと思うんよ」と言ったら「そうか」と。彼は不良の道を行くことになった。

名越　僕やったら誘われたらズルズル行くと思うわ。不良もやるし空手もやるかってならなかったんや。

光岡　本当に両立する時間はなかったと思う。彼とは何らかの縁があったんだなと思ったのは、二〇〇〇年にハワイから帰ってきた直後くらいにテレビをつけたらニュースでヤクザの抗争があって、ある駐車場でT氏が刺殺されて発見された報道がされていました。

人間とは恐ろしいもの

名越　光岡さんは全く成長していないですよね。いや、わるい意味じゃないよ。変わらないというのは、幼児のように変わらないのではなくて、幼い頃からどこか違うところで相手を見ている、ということ。「大丈夫か？」はその典型に感じてしまう。現場の中で組み込まれていない、絡みとられてない何かがあるんとちゃうかな。

僕は愚かで人を人とも思わん時期があったんですよ。ほんまに人とは恐ろしいものだとわかったのは三十代後半ですね。もちろん人を無闇にバカにしていたわけやないよ。こういう性格やから仲良くする人とはしてたし、合わない人でもフン！って感じではなかった、と思う。

ただ自動的に「この人、おもしろい」で関心をもった人だけを見ているわけで、他の人を無視しているわけではない。そういう意味では傍若無人なわけです。それが三十代後半で「人って恐ろしい」と思った。

光岡　何がきっかけですか。

名越　勤めていた病院で出会った患者さんですね。牛刀を持ってこられたりね。ほんまにそういうときのプレッシャーはけっこうテンションが上昇するわけで。でもそれよりかは人の恨み憎しみのパワーの方がすごい。

元の主治医がしんどくなって僕のところへ来たクライエント。そのことについて相談しようと思って、同じ当直の夜を見計らって元の主治医に話し出して十分も経たないうちに当人から電話かかってきたりする。

光岡　勘がいい。気《からだ》が同調しちゃっているんだ。

名越　そうそう。時間と空間を超えて人間の思いというのは届く。いい思いだったらいいじゃないですか。おばあちゃんが山の向こうで僕のことを祈っているとか。これはそうじゃない。『源氏物語』を読んだときに六条御息所の話を読んで「わかる!」と思ったもんね。生き霊やろ?　わかるわーって。

光岡　人の不幸を笑ってしまうのはダメだけど、ちょっと笑ってしまいますね。

名越　三十代後半になって、ちょっとずつメディアにエッセイを書き出したとき、『あさきゆめみし』という『源氏物語』の漫画を解説しませんかと言われて、初めて読んだんです。それで光源氏を呪う六条御息所のくだりでヘトヘトになった。これ現実やんって思ったので。

平安時代からこういうのがあるんや。この真っ只中に俺、いるんちゃう?　人というものには恐れを抱かないといけない。人の観念というのは本当にあるものやと身に染みた。現代人は呪いというものを対象化するでしょ。そうじゃない。「呪いがここにある」というようなベクトルを向けられるようなことじゃない。真っ只中のこと。

それまで僕は病院の中で法律に守られていた。措置入院の指定医は、患者さんを病院に入院させるときの権限を持っている。知事の権限を借りてやるわけですが、知事並みの力をその一点においては持つ。

法律的に守られているからその中で最善のことをする。自分の責任で動いているというのもあるんだけど、どこかで法律、組織的なもの、上下関係、同僚も含めて守られている。

ところが、それらをも超えて人間の思いはやって来るんだということを徐々に三十代後半から感じてきた。それが『源氏物語』であったりしたわけです。まさしくベクトルではなくゾーンだと。

光岡　〝呪いゾーン〟があって、そこに入るかどうかですよ。

名越　だから岡山にいようがカリフォルニアにいようが関係なく、真っ只中にいる。

ラカンの逸話に戦慄する

名越　開業してからもヘロヘロで、その頃に植島啓司先生たちとバリへ行ったことがあるんです。それくらいのときだったかに、ラカンを読んでいて慄然とした。ラカンが精神分析についてパカっと開眼したときの話で、僕の生き方がまた変わった。

ラカンが精神科医のキャリアを積んでいた頃にお母さんが亡くなって、それからはお父さんがひとり暮らしをしていた。バカンスの時期にお父さんの家に戻った。そしたらお母さんの得意料理だったシチューだかポトフだとかの鍋のいい匂いがした。お父さんが言うには「今度来てくれた家政婦が素晴らしい人で、お母さんの味にそっくりな料理を作る」。

料理を運んできたのはお父さんで、あんまり美味しかったから家政婦にお礼を言って帰るとラカンが言い、ほんで厨房に入った。そしたら、自分をずっとストーカーしていたパラノイアの女性患者だった。自分のお母さんの得意料理までも真似していた。そのときにラカンは——これは僕の解釈ですけど——科学的な精神分析の概念や西洋医療の概念が崩壊した。科学的だから時間と空間に人間は制限されている。その枠の中で患者を診ようとするわけでしょ。

患者の脳の中である種の異常なことが起きているから薬を投与し調整しようとする。精神分析には惹かれているけれども、本当に時間と空間を超えた同調性を流石にラカンも経験したことがなかった。だけど、実家でお母さんを思い出した味が自分の患者の料理だった。そのときに彼はおそらく目覚めるわけです。

光岡　目覚めたっていうのは?

名越　これは僕の空想にすぎませんが、ラカンはフロイトの精神分析を研究していたんだけど、無意識をさらに探求して、それがラカン派の精神分析になった。武術でも始祖がいて、中興の祖と言われる人がいますよね。流儀そのものが変わってしまうような深まりを見せる。日本で言ったらお釈迦様がいて空海で完全に仏教が変わる。ラカンは精神分析においてはそんな存在。

そのきっかけになったのがパラノイアの女性の料理を食べた瞬間。僕はそれを読んだときに「これや。ゾーンの中にまさにいるんや」と思った。自分はどこかで患者さんを治療しようと思っていたけれど、クライアントが作る広大な底なしの世界の中で潜在的には怯えていた。翻弄されていた。半分、僕の妄想もあるかもしれませんけど。

光岡　それで何がどう変わったんですか？

名越　人間存在は時間空間を越えてつながってしまう。そういう意味で恐るべきものだと捉えるようになった。そこで変わった。だから僕の人生には前半と後半があるんです。そういうのは光岡さんはないんですか？

殺しにくるのが当たり前

光岡　いまのラカンの話ですけど、その後どうしたんですか？　その女性は実家にずっとおったんですか？

名越　それは本にはなかった気がする。それから後のことはわかりませんわ。

光岡　その人が作ったメッチャ美味しい料理がすごく気になる。私がラカンだったら「やっぱりずっといてこれ作ってほしい」と思う。めっちゃ美味しいんでしょ？

名越　美味しいですけど……。いや、でもその女性は――。

光岡　いや、こんな見事に再現してくれてありがとうという話じゃないの？　この世で一番好きな味なわけでしょ。もっと専属料理人みたいにして、その人の料理を作る才能を活かした方がいいと思う。そこまでできる人なら結構料理できそうだし。

名越　こんなことを言っても光岡さんはぜんぜん態度を変えないと思うけれど、その人はもともとある女優が自分の人生を盗んだということで、その妄想で殺そうと思って切りつけて入院した人なんです。ラカンは若い頃その人を治療した。

光岡　武術の世界はそんなのばっかり。相手が殺傷性の高い技や術を私に向けてくる。

そりゃ普通のことというか。武術だと相手は普通に刺しにくるし、切りにきますよね。でもラカンは彼女の妄想の中の仮想敵の女優のように人生を盗んだわけではないでしょ。どちらかというとラカンは味方って捉えてるでしょう。

名越　この物語の時間軸上においてはそうですね。

光岡　その人はすごく才能もあるし努力したと思うんですよ。その料理の味を再現するために。武術の技法の習得で言うと並大抵の技量と才と努力じゃないですよ。

名越　それでお父さんも喜んでいる。

光岡　だから結構いい話かなって。

名越　そこで転換した僕とずっと一貫している光岡さんの違いがあるんや。

光岡　美味しい料理が作れるわけだし、そのレベルも高いわけでしょ。そんなの作れる人や再現できる人はおそらくそんなにいない。

名越　えーっと、彼女の世界観には興味がない？

光岡　美味しい料理作れるんだから、それが彼女の世界観でしょ？　再現してやろうというのがあったわけだから。

名越　ラカンの母親的な、ラカンの中の母性になりかわろうとしている。

光岡　「ラカンが私を好いてくれんかなぁ」みたいなのはあるでしょう。

名越　あるでしょうね。

光岡　お父さんの世話をめちゃくちゃしてくれると思う。「料理は評価するし好きだけど、アナタに対してそこまで気持ちはない。その気持ちは一生変らないと思うけど、それでええなら、これからも料理作ったり色々して」と私だったら言うかな。

名越　これってラカンの神話みたいな話で、本当に起こったかどうかわからないことではあるんです。

光岡　作り話の可能性もある？

名越　僕個人の空想ですが可能性としてありえる。ラカンってそういう面を持つ天才やから。さっきから僕ね、スティーブン・キングの小説みたいなつもりで話していたのに。

光岡　いやー、ずっと「その人が作った料理どんだけ美味しかったんだろうか、どれだけオリジナルに近く、美味しく作ったんかなぁ。」と考えてました。

名越　あ、そう？　いま武術の世界は素晴らしいと思った。つまり人間の二面性とか献身の裏にある攻撃性とか憎悪とかはいわば織り込み済みなんですね。いやー、そっちに行こうと思った。スティーブン・キングじゃないな、これ。呉越同舟って話や。

光岡　まあ、だから「普通そうやんな」という話じゃないの？

名越　めちゃおもしろい。でも、そうじゃなかったら戦国時代は生きていけなかったはず。

光岡　そうでしょう。戦国時代はみんな抗争しているんですから「なんで刺してくるん、切ってくるん」や「何で殺しにくるん」て誰も訊きませんから。

名越　弱小の大名なら血筋を絶やさないために叔父と甥が敵味方に別れたりする。戦略的にやるでしょ。

光岡　昔は場合によっては最大の敵に自分の最愛の娘を嫁がせるわけですから。

名越　ほんまや。なんか今日から明るく生きていけそうやわ。切り分けないこと。いや、おもしろい。でも普通はスティーブン・キングやんな。ミザリー[*2]が料理作っているみたいな話やもん。

光岡　実はラカンの話の「どこが問題なんかようわからん」て思ってさっきから聞いてました。確かにミザリーは殺しに来る、それはわかる。実際に刃物を持ち出してきたらミザリーでしょ。まあ見えない刃とかは沢山あるから。ほんまの刃なら「ある」

＊2　スティーブン・キングが発表した長編小説『ミザリー』の作中内人物。作中内作品である『ミザリー』の熱狂的なファンの女性が、徐々に狂気をあらわにしていく。

ってわかる。いつ怨念ゾーンからの刃物が実物の刃物に変わってやって来るかわからない。その緊張感はありますよね。ただ、他の武術／武道の関係者はわかりませんが「武に関わるならそこは大前提でしょ」と私などは感じてしまいます。

第六章　強さと弱さ

名越　人間って同調するからそこに物語が生じるわけでしょ。ときにそれが呪い、怨念にもなる。全然違う調子だと、たとえばエイ、ヤー、トウでお互いにやるから危ないわけで、エイのあとにハイだと無効化される。本人は外しているつもりないんやけど、全然違うゾーンに入っている。光岡さんは怨念のエネルギーを無意識的に回避してパワーにしてますよね。

光岡　でも、だからこそ怨念も人一倍ある。それこそ野口裕之先生は「恨んだら三十年は許さん」というけれど、私は最低百年以上許さんって思うから。私に一発いいの入れたら生きてようが死のうが一生どころか〝最低でも三代祟ってやる〟といった気持ちも生じます。

名越　そこもなかったら武術ではダメですよね。

光岡　そういうダメな自分がめっちゃいるんでわかるんです。もしかしたら、弱さの自覚があるんかな。

　そもそも人が「武術を始めたい」と思うのは弱さを自覚したからじゃないですか。元から強い人はやらんでいいでしょ。もともと自分が弱いと感じてない人は〝なんで汗水垂らしてやるん？〟みたいな感じでしょう。そういう人は実践だけでいい。でも、私はそのタイプとは違う。弱さの自覚があったから武術を始めたんだなと思いますよね。

名越　どんなときに自覚したんですか。だって最初の喧嘩から勝ってるわけだし。

光岡　それが実感としてない。「何で勝っているんかようわからん、勝ったとしても弱い感じがする」とでも言いましょうか。仮に一発で相手を倒したとしてもそれが強さと感じられんみたいな。弱さは優しさとリンクしやすい。だから自分の中では「大丈夫か？」と相手に言ったのはたぶん優しさなんだけど、同時に弱さでもあると思う。そう言ってしまう自分は弱い。でも、それが〝強くなりたい〟というモチベーションみたいなのがずっと絶やされない理由とも関係していて、さらには「強さってそもそもなんなのか？　強いとはどういうことか？」へと問いが進んで行くんですよ。

名越　ライオンは「おまえ、痛くないか」と言わへんもんな。「ああ、嚙みすぎたな」と思わないのが強さってこと？

光岡　要するに、求めていても強さがようわからんのですよね。求めているのは強さ。でも何が強さかわからん。追いかけっこみたいな感じ。

名越　強くなりたいけれど何が強いかわからない。光岡さんの存在の内側に虚しいところがあるということ？

光岡　もちろん。つかんでもつかんでもわからない。孤独で虚しいですよ、そこは。

名越　上泉伊勢守[*1]みたいになりたいと思ったら、まだ目標があるわけだから虚しさはないじゃないですか。どこに向かっているんだろうという虚しさがある？

光岡　失礼な話だけど、上泉伊勢守は「本当にすごかったんかなぁ……」って思うんですよ。いや、すごいのはわかるし強かったのもわかる。ましてや私の方が更にできてないし、弱いだろうとも思う。ただ、それを踏まえた上でも、何処かで「そもそも人間て何なのか？」みたいなことが武に携わっていると〝問い〟として自分の中から立ち上がってくる。そうなると「人間は凄い」より「人間て致し方ないものだな」と感じることの方が増えてきて、上泉伊勢守や柳生石舟斎[*2]、伊藤一刀斎[*3]、真里谷円四郎[*4]とか、近年だと王薌齋[*5]、韓星橋[*6]やアントニオ・イラストリシモ[*7]、フローレル・ビルブレール[*8]などの凄い人達や名人・達人を見ても「やっぱり凄いことできても人間なんだ

＊1　戦国時代の兵法家。上泉伊勢守秀綱、上泉武蔵守信綱。諸流の奥義を究め特に陰流から「奇妙を抽出」し新陰流を唱える。弟子に疋田景兼、柳生石舟斎宗厳、丸目蔵人佐長恵など多数。

＊2　戦国時代の剣術家。はじめ新当流を修め、のちに上泉伊勢守に学び印可を得る。柳生家の新陰流は尾張系と江戸系にわかれ後者は徳川家の御流儀となる。

＊3　戦国時代から江戸時代初期の剣術家。伊東一刀斎とも。鐘捲自斎に学び極意五点（妙剣、絶妙剣、真剣、金翅鳥王剣、独妙剣）を授かる。弟子に小野忠明、古藤田俊直など。小野忠明の流れは小野派一刀流とも呼ばれ、柳生家の新陰流とともに徳川家の御流儀となる。

＊4　江戸時代中期の剣術家。無住心剣術二代目・小田切一雲の弟子となり三代目を継承。千回を超える他流試合を行い不敗、門人は一万人を数えたという。

＊5　一八八六年―一九六三年。河北省に生まれる。幼少より形意拳の名人である郭雲深に教えを受け、その後も研究を続け独自の工夫を加え意拳を創始する。その優れた技法から、国を代表する拳法の達人「国手」であると賞賛された。晩年は養生法の研究、指導に力を注いだ。

＊6　一九〇九年―二〇〇四年。北京に生まれる。幼少より武術を学び、意拳創始者王薌齋に師事。門下中の四大金剛力士の一人と呼ばれ、唯一人王先師の代わりに人前で拳舞を披露する事を許されていた。

＊7　一九〇四年―一九九七年。フィリピンに生まれる。フィリピンの伝統武術カリ（エスクリマ）の伝説的名人。

＊8　一九一五年―一九八二年。フィリピンに生まれる。フィリピンの伝統武術カリの伝説的名人として知られ、生涯無敗を誇ったといわれる。ジークンドーのダン・イノサントの師匠としても有名。

よなぁ、致し方ないんよなぁ」ってなってしまう。特にここ最近は更にそう感じるようになって来ました。

名越　論理的にはわからなくても、この話の流れがそういう帰結になるのはなんとなくわかるよね。

光岡　上泉伊勢上は陰流から新陰流を作ったすごい人だし、自分はその人のレベルでないのもわかる。けれども同時にどっちも人間、そんなに強うないんかもしれんし、すごく弱いんかもしれん。弱さ比べしよるだけじゃないかって思う自分がいるんですよね。強さ比べじゃなくて。そこにも致し方なさを感じる。また「絶対にアルディピテクス・ラミダス[*9]より私も上泉も弱いだろう」みたいな。人類の始祖と言われる原初の人たちがいるんですよ。誰であろうと、あんたも私もそれよりは弱いと感じる。そういう思いがあるから、そこから更に武学では道具と人間の関係性の研究につながってくるんです。

名越　どういうこと。弱いから道具を持ったってこと？

道具と言語の多重化

光岡　もちろん、そうですよ。「弱いから道具を作り持ち、道具を作ったから更に弱くなっていった」。そのように弱さと便利さは道具に象徴されるようつながっている。よく言われるように道具を持ち始めたのは便利だからですよね。ものを手で叩いたりちぎったりするより、石や木、動物の骨を使って叩いたり切ったりする方が便利です。ただ、そのような単純構造な道具だと他の動物も使うので、人間の固有性を表す特徴にはならない。

道具に関する人間の固有性は道具を多重構造化させたことにある。これを人間の特徴のひとつとすることはできます。

たとえばお茶を飲もうとしたら、お茶を淹れるための急須、水を沸かす薬缶、お茶を栽培する農家が必要とか多重構造になっていく。また、急須ひとつ作るにも土、そして窯が必要で、更には窯を作る道具と素材や、その窯を作る道具を作るための道具や土を掘り起こす道具とその道具を作るための道具などが必要となります。Aを作るためのBを作るためのCといったようにどんどん多重化させていく。この道具の展開が私なりの研究では、言語の多重構造化と関わっている。つまり道具と言語の関係に

＊9　約四百四十万年前に生息していた最初期から初期の猿人。

は親和性がある。
人類史で道具が多重構造化していくのと言語が複雑化していくのは相乗的で、というのはAを作るためのBを作るためのCという構造は、内面的な時間と空間の形成がなされて可能になった。それだけの時空の幅が許されたから経験と言語が多重構造化して行き、増えすぎて複雑化していったんだと思う。

名越 道具が増えていくと命名しないといけないから、その分だけ言葉が増えるという意味と全然違うわけや。

光岡 そういう側面もあるし、そこは道具と言語の親和性の一部でもあります。ただ、道具の誕生の原初には別の理由があって、それを必要とした行動の源の内面性に根拠があります。

名越 ひとつの道具ができたら、そのときにある種の空間ができる。完成までの過程の中での感触の連なりとかが出てくる。多面的な世界が道具を中心にできてくる。それをひとつひとつ命名していくわけだから。

光岡 たとえば斧を作るには刃と柄がいる。刃は鉄を掘り出さないといけない。そのための道具や火を熾すための道具も必要になってくる。斧ひとつで多重構造化している。その「多重構造化しよう」という感性が何処からやって来るのか。

名越　そこでもう動物の人生とはまるっきり違っている。

光岡　そうそう。オレオピテクス[*10]もしくはアルディピテクス・ラミダスはどうも道具を作ったみたいです。彼らが最初の多重構造化のきっかけじゃないかと思うんです。

名越　石と石をかち割ったりして道具を作った？

光岡　あと道具を携帯するとか。猿は道具を人間みたいには携帯しませんよね。

名越　その場で作って使ったらポイ捨てやね。蟻塚の蟻を食べるのもその場で枝を道具にしても放って帰るもんね。「これ使いやすかったから持って帰って使おう」とは多分ならんものね。

光岡　そうなるには内面に時間と空間が形成される必要があります。

名越　なるほど。「次も使おう」という「次」ね。前の枝よりこれの方が使いやすかったなとか。

光岡　それはだいぶ後の話で、最初は比較なんかできなかった。ある程度は道具も揃わないと比較できないから。

名越　めっちゃおもろいね。あるときに心ができたっていうけど、その前には、いろ

＊10　約一千万から五百万年前に生息していた類人猿の一種。

んな渇望とか「あのときは気持ちよかったな」みたいな原初的な感覚がだんだん援用されて「花が綺麗やな」とかになったかもしれんしね。「花が綺麗」はどちらかというと心やん。

光岡 色彩が関係しているから、たぶん最初は匂いからだと思うんですよね。

名越 そうか。匂いは遠くから漂って来るから。

光岡 匂いと色彩もどんどん変化している。これは一般的な説ですが、四億数千年万年前のカンブリア紀の海洋時代にいた、原始的な魚類のダンクルオステウスあたりからカメラアイになったと言われてます。立体視ができるようになったことが甲殻類とのやり取りの中で脊髄動物が残った理由とされています。

名越 狩りの精度が上がるわけやね。

光岡 そう。よく見える。狩りの精度が上がるんですよ。甲殻類や昆虫は遠近感が捉えられない。でもさまざまな脊椎動物と彼らを祖先に持つ人間はそれができるようになった。その遠近感が捉えられ、立体的に周囲の空間が見えるようなった後に色彩を視覚として感覚するようになった。それは陸上に出てからで、おそらくいまの陸上に住む脊椎動物である人間の色彩感覚の起源は海中ではない。

最初は立体感が生じて陸上に出て、そこから自分の見ている世界が合わさっていき、光と影による色彩の多様性が生じていった。あまりそのことに関して知識はないんですが、体観的にそれはわかります。内面的な空間と時間の経過とでも言いましょうか。そこは身体を観て行くとわかるんですよ。

名越　仏教は心を合成体と捉えるんです。魂があるかないかはまた別の議論ですけど。ここで僕らがいろんなものに反応したり考えたり思いをもったりする心は、まとまったものとしてあるわけではない。さまざまないままでの経験知と感覚の集合体があくまでも「名越に心（自我）がある」という概念を持たせているだけ。

だから実は腑分けしていったら「玉ねぎの皮みたいに何もなくなるんだ」と言うのが仏教の発見だった。そういうところから聞いていると、一連の話もものすごい理解できる。

心と感情

光岡　人間のいう心の前にあったのは感覚でそれから心が生まれ、その後に感情が生まれた。おそらくいまのような人間の感覚の起源はモルガヌコドン[*11]（Morganuocodon）とかハドロコディウム[*12]（Hadrocodium）の時代に生じた。歴史的に見ると、当時は最も小さかった哺乳類です。見た目はネズミみたいな動物です。この小さな身体性が脳幹に影響し、感覚が発達したのかと思います。

でも学者は脳から考えるので逆のことを言っています。「脳がこういう構造だったから感覚が芽生えた」と。それは違うのではないかと感じてます。まずは環境に適応するために外在する対象感覚と内面的な個体感覚が分離し、個体感覚が恐れを体感として本能的に感じ、それが知覚された後に脳化されるはずです。そのような身体性をハドロコディウムが獲得したからあの脳の構造を作っていった。

名越　論理的には絶対そうやね。

光岡　学者は脳から話すから逆のことになる。モルガヌコドンとハドロコディウムの頭蓋骨の構造を見るといまの私らと同じ形に発達している。たしか、テキサス大学の研究チームが研究した内容だったかと思いますが、最古の哺乳類モルガヌコドンとハドロコディウムの頭骨をＣＴスキャンにかけた。すでに絶滅したほかの初期哺乳類や現生哺乳類の脳の形と比較し、ＣＴスキャンを使って二者の頭骨の内部の脳の形と構造を再現してみると、鼻腔と嗅覚を司る脳の部位がモルガヌコドンとハドロコディウムはいずれも大きくよく発達していることが判明した。これは鋭い嗅覚を持っていたことを示しています。これにより哺乳類への脳の進化にはふたつの段階があることがわかった。まず嗅覚や触覚などの感覚野と呼ばれる情報を処理する脳の部位が大きくなり、その後、筋肉行動範囲を動かすための脳の部位が発達し、感覚野との連携が進んだ。これが学術的な見解なんですよ。

しかし、全く違うのではないかと考えています。その時代は恐竜などが君臨し、私たちが地上最弱の小型哺乳類になったから身体性としての危険察知能力が発達した。そのモルガヌコドンとハドロコディウムの身体性の変化から脳も変化し発達したと考えた方がわかりやすい。

ようは、私らを恐竜がバクバク食べたから、それをどうにか回避しないといけない必然性の中で、おそらく身体性を切り替えた。危険をちゃんと察知できるようになって、そこで脳も発達し、空間的に離れた所からも自分の捕食者を感覚できるようになった。何千万年の時間の経過の中で恐怖の感情が発達したんだと思います。

名越　早めに恐怖を感じるから巣穴に逃げ込んだりするわけだから。

＊11　約二億年前に生息していた動物。哺乳形類というグループに属し、最も初期の哺乳類のひとつ。

＊12　約二億年前に生息していた動物。哺乳形類というグループに属し、モルガヌコドン同様、最も初期の哺乳類のひとつ。

光岡　そう、それで私たちは生存してきた。仏教や儒学、漢方で「七情」の定義がありますよね。儒学だと喜・怒・哀・懼・愛・悪・欲で、仏教は喜・怒・哀・楽・愛・憎・欲、漢方だと喜・怒・憂・思・悲・恐・驚とか。

名越　感情の種類ですね。

光岡　仏教も儒教も漢方も感情の研究は相当していた。

名越　感情が人間にとって御し難い、ややこしいものと捉えますもんね。

光岡　モルガヌコドンやハドロコディウムは「怒（おこる）、楽（らくする）、欲（ほっする）、懼（おそれる）か恐（おそれる）、驚（おどろく）」の本能規範の感覚と感情だけで恐らく生きていたんですよ。

名越　その頃はそれしかなかった？

光岡　これが感覚。欲するや怒るは本能的に感覚として持てるけれど、悲しむや憎む、愛するというのはない。

名越　めっちゃわかるなー。

光岡　哀れむもないし、恨むとかもない。

名越　それもめっちゃわかる!!

光岡　哀れみもない。でも楽はある。生物は必ず楽と快を感じると本能的にそっちに進もうとする。ある慣習性なども「こうしておけば生存できる」といったように個体感覚に引き寄せてると行動がパターン化する。それがその生物にとっては楽であるといった慣習的な楽さになってくる。ただ、それだと環境が一変するとその慣習性では生きられないから絶滅することもある。

名越　確かにネコ見ていたら楽しか選ばない。

光岡　大体の生命は喉が乾いているのにあえて水のないところへ苦行のために行こうとはしない。

あわせると喜・怒・哀・懼・楽・愛・憎・欲・憂・思・悲・恐・驚と十三種の感情になる儒教、仏教、漢方の三種の七情のうちの怒、楽、欲、懼（か恐）、驚の五つの感情だけは原初の感覚に還元できます。感情の方が要素が多く感覚より複雑になる。そのようなことから七情のような感情は感覚より後にできていることもわかります。だから私たち人間も感情を感覚より身近に感じるんだけど、より本質から離れています。感覚はそれよりも前の少し深い所に在る。

名越　憎しみなんて時間的な空想ですからね。時間も空想の中にある。空想がなかったらそんな感情が湧かない。

光岡　憎しみがおもしろいのは能の山姥の話のように「何に対して、なんで自分が憎んでいるのか」はわからないけれど、何かを憎く恨みを持っていることだけは覚えている。本質的でなければない程その感情を対象化し「なぜ」や「何に」など感情が生じた要因は覚えてなくても、その感情をずっと見る対象として無理に維持し続けられる。

名越　何を憎んでいたかもわからなくて風の中をさすらっているみたいな話やね。

光岡　あれってすごく人間的で他の動物ではありえない。憎しみや恨みって〝怒りの持続性や継続性〟なんだけど、自然界の〝自然な怒り〟は持続性や継続性はなく本能的にそのときの状況に対して瞬間的に生じるだけです。その〝怒り〟の方が恨みや憎しみよりは原初的で本質に近くはある。より本質的であるが故に動物にも人間にも通じる現象です。

名越　そうやね。忠犬ハチ公だって実は憎んでいたから渋谷駅に毎日来たかもしれん。同じ場所にずっと止まっているというのは、普通は憎しみやから。現実にはハチ公は少なくとも人間の影響で生活習慣になってたんやな。

光岡　人間はそれを哀れと感じるわけ。ハドロコディウムなどの時代は「怒、楽、欲、懼か恐、驚」の五つだけだったんじゃないかな。いまのところわかってる進化の過程でハドロコディウムから七千万年後のエオマイアやジュラマイアの時代になって初めて脊椎動物が胎盤を持つようになるんですが、胎盤を持つことで感情が生じ始めたんじゃないかと思う。

それより前の二億四千五百万年前に生息していたキノドン（Cynodont、Cynodontia）に近い子孫のハリモグラは卵を産む哺乳類です。おもしろいことに乳首がないけどお腹や胸の辺りの毛穴から授乳するんですよ。そして、ハリモグラは卵をずっとお腹の辺りに保ちながら汗のような乳を卵にかけて保護してたそうなんです。その辺りはまだ本能的な保守反応で感情のような複雑な内面性はなかったかと思います。

名越　ＲＮＡウイルスの遺伝子が人間の遺伝子の中に迷い込んできてから胎盤ができたっていう話ですよね。胎盤から感情が出てきたというのは、わかるような気がしてきた。悔しいけど。論理がわからへんけど感覚的にわかってしまうという意味で。

光岡　私たち脊椎動物哺乳類に胎盤ができなかったらそこまで内面性が複雑にならなかったと思う。さっきの怒るとか、ヤベェ、ウワッ、腹減ったとか。それくらいで済んでいた。

感情の基盤となる性

名越　ちょっと待って。そしたら感情いうんはメスからオスに刷り込まれてんの？

光岡　そりゃ、絶対そうでしょ。本能とも直結している訳だから。

名越　うわぁ、悔しいけど納得しそうになるな。あんまり納得したら精神科が塗り替わるから立場上は冷静でいるべきかもだけど、でも感覚的にすごいわかる。

光岡　たぶん、そうなんですよ。女性が感情的みたいな話って言われがちなのは元々の持ち主だから。感情の本体だから。

名越　仏教は軸があって綿菓子みたいに広がっているでしょ。総合文化みたいなもので、地域ごとにどんどん姿を変えていくじゃないですか。密教なんかはそのダイナミックな展開やと思っているんですけど。

仏教は基本的に感情を敵視する。感情は敵なんですよ。感情を制御して、抑止してそして悟りを開く。感情があることで執着が生まれる。この執着をこそ仏教がいちばんの敵とする。

光岡　釈迦も女禁したもんね。

名越　ところがおもしろいのは、変な言い方やけど大乗仏教の始祖とされるナーガールジュナは放蕩の限りを尽くすんです。王様の後宮に友達と忍び込んで美女たちに手を出しまくる。友達は見つかって殺されたけど、ナーガールジュナは生きのびた。それから仏教の研究を熱心にして、中興の祖になる。

仏教でいうたら最悪の人間です。肉欲と感情の塊。快楽のために生きてきた人間が仏教を大改革した。もちろんそこで大改心をしたというのが一般的な解釈だと思うのですが。

でも大乗仏教の末裔である我々はナーガールジュナがいなければ何も始まらなかったと思うわけです。それもまさに感情をどう捉えるかということの厚みにもなる話です。

ブッダも自分の中の広大な悲しみや怒りからどうやったら解脱することができるかと革命的に取り組んだ方といえる。でも古代の人やから生々しく感じることができないわけです。本当にブッダがどんな人だったかわからない。

光岡　確かに、リアルタイムで見ていないから、残された史実的な物語でしかわからない。もしくは、人となりを知るには自分の内側へと歴史を遡る術や業《わざ》が必要になります。

名越　イエスの場合、激しい人物だったということは多少わかる。神殿の中で商売している人間がいたら、売っているものとか外に放り出す。私の父の家で商売をするとはなんということだと。そんなことするから磔になるんやって言ったら怒られるけど。わりかし激しくてものすごい一直線に動く。策略とか戦略がない。ブッダになると長く生きたこともあって、仏教に目覚めるまではまさに感覚と感情の虜です。

光岡　ブッダの場合は王族の放蕩息子というからには、それなりの社会的な地位にいたから毎日の仕事に追われないで済んだし、だからバラモンの修行や後に仏教にも熱心に取り組めたんでしょうね。

名越　放蕩の果てに選んだのが、感情やある種の感覚を否定する仏教です。野口裕之先生の言葉をお借りした上で僕なりに表現するなら、「人間の身体までも、すべてを精神化していく」ことです。

ところが密教は感情や感覚を全肯定するんですよ。感情や感覚はあるものだし、あるものを使わんのは損やみたいな。ただ密教でさえも執着はまずいぞとはいうんです。苦しみばっかりやし、そんなことではいまの現実に対応できひんようになるぞと。

古代の生物には憎しみがなかったっていう話ですけど、そういうコントラストってあるんかなって思いますよね。

仏教の身体性

光岡　宗教が禁欲性を間違って捉えて伝え始めると拗《こじ》れてきますよね。「喉が渇いたけど我慢して水を飲まないようにしましょう。眠いけど寝ないようにしましょう」といったもので、下手な体育会系のしごき練習みたいになる。

この「欲を抑えましょう」の間違った捉え方の害は大きいですよね。ブッダが修行林で気づいたことは「喉が渇いたら飲んだ方がいいし、眠いときはとりあえず寝た方がいい」ということで「本能的衝動や人間の欲はいけないこと」ではない。ちゃんと「本能的な生命を保つための欲」と「必要以上に欲する人間特有の執着心的なもの」を区分けしておけるような体観、体認の稽古をしないと行も教えもこんがらがってくる。

名越　いまここにおれない欲ですね。

光岡　もっと欲しいってやつ。喉が潤っているけど来年の水も欲しいみたいな。ナーガールジュナの話を聞いて思ったのは、ブッダの裏にあった願望を実現しているような感じがします。それにしてもどうしてか仏教に関わる人は、みんな自分の家を捨てようとする。出家というのは家出？　からきているのかな。悟りを開くために家庭や家族を捨てるよね。仏教をやると家族や家庭を捨てたくなる身体性があると思います。家族や家庭も社会性で、社会性やそれにまつわる感情に囚われないための仏教だから仕方ないのかも知れない。

名越　たとえばですけど。禅やりながら家族を愛することはできませんよね。こういうのって短絡なイメージだけど、そういうのも大事な気がします。

光岡　本当にそうですよね。だから、仏教徒になるからそうなったのか。そういう素養がそもそもあったから仏教徒になるのか。どっちが先がわからないけどほとんどの仏教で悟りを開くことを目指す人は家庭や家族を捨てたくなるモードに入るんじゃないかな。でもアメリカなんかのヒッピー文化経由の禅だとそうはならないかも。あれはファッションかギミックだから。

名越　ある僧侶の方に聞いたことがあるんです。密教では「仏と一体になれ」という。でも禅だと「仏に会えば仏を殺し」という。禅は仏の教え自体は実践するけれど、仏という実体に対する敬意はないんですか？　と半分冗談で尋ねたんです。そのときは僕の言うことを柔らかく否定したけれど、実感としてわからなかったんですよね。ご本人の身体性が絡んでこないから伝わって来なかった。まぁタイミングだと思うんですけど。
僕は感じたことを伝えるようにしているから、それ以外で人と交流できんから。嫌だということではなくて、あれはなんだったんだろうといまも思い続けているねん。
光岡 同じ仏教徒だからなおさらね。
名越 そうなのよ。気になる。光岡さんがさっき自分の内側に弱さというのがあるけど、弱さがわからんと強さのベクトルがどこに向かっているのかがわからないってことを言ってたでしょ。僕においては禅がそうなんです。
僕の浅はかな認識では、禅は僕の中ではなかなか人格化しない。だから関心も湧くのだけれど、そこには悟りというものの単独の世界がある。ほんなら仏像を拝むっていうのはどういう位置づけなんですかという話をしたいんです。
光岡 禅のお坊さんに禅問答で勝っちゃった。
名越 勝ってない。モヤモヤしているんです。たぶん向こうが本筋やとは思ってるんですよ。密教は一種呪術的だし。
光岡 その批判は日本仏教だと難しいんじゃないですか。要するに空海なくして日本仏教は成立しないでしょう。先後関係からいうと密教に誰も文句を言えない。あとは聖徳太子くらいまで遡るしかない。本当にちゃんと確立されたもんですからね。ちなみに空海には妻子はいたんですか？

名越　噂もないし。いなかったとは思いますが、もちろん見たわけではありません。二十代の頃に七年間失踪していて、足跡がわからない。本人はそのときに野山を駆け回って、いわゆる山岳修行に明け暮れて高野山を見つけたと言われている。役小角からの伝統的な、といっても当時の最先端の修験をやっておられた。

光岡　あと、いまの世の中でも最近はジェンダー問題云々と色々と言ってますが、坊さんも武家も同性愛率高いでしょう。そのころは寛容だったんですか？

名越　寛容というよりも、問題にして提起する文化がなかった。

光岡　なるほど、まあ確かにそうですよね。そもそも大げさにＬＧＢＴなんて言うようになったんは最近ですもんね。昔の武家は秀吉みたいに女好きもいたし、男色もいたし、バイ・セクシャルもいた。ただ、お坊さんならコミュニティのあり方からして互いに男しか選択肢がないからホモセクシャル率が高いだけで。

名越　普通に考えると男色なしに済まない。あのね、これどういうたらいいか。最澄がいちばん愛した弟子に泰範がいて、空海に奔《はし》るんですよ。

光岡　性というか恋愛とか師弟愛ですよね。縁起や感情、性も含めての。

名越　プラトニックやと思います。あれだけ修行したんやから、ふっと肌と肌が触れただけで、いや風が通っただけで、自分以上のもっと精気あるものまで伝わった世界はあったと思うんです。

最澄は密教が欲しいわけです。自分が空海のもとにはいけない。当時生きておられる頃からものすごい高僧ですから立場もあったでしょうし、何より多用で長期出向くことなど無理。そこで愛弟子の泰範を空海のもとに送るわけです。当然ながら密教はおもろいんです。

くだけた言い方をゆるして頂くなら泰範は密教に首っ丈になる。帰らないといけないけどそのような期間でマスターできているわけがない。まだまだ学びたい修行もしたい。空海自身は最澄に応援してもらったこともあるし。また自身のやっていることの良き理解者でもあった。唐に二十年留学するはずが、国禁を犯して二年で帰ってきたということがいわばはじまりですから。

いきさつは空想するしかありませんが、おそらく泰範が空海のもとで修行がしたいということだったのだと思います。短的にいうと最澄にしたら大変なショック。そういうこともあって、他にも理趣釈経の賃借に関する一件など原因は様々にあるでしょうが、最後は決裂というようなことになった。その中でも泰範に関する話はやはり人やその教えに深く魅了されるという意味では精神的リビドーの奔流を感じざるを得ない。だから現代的にいうとBL的な空想をかき立てられるのは自然な気がします。元々宗教的世界や思想的世界というのは、無尽蔵な人間の精神エネルギー、フロイト的にはリビドーが作り上げた真理へいたろうとする構築物なわけですから、そういう意味ではその建築の漆喰はエロスであるわけです。

光岡　世間一般でいう恋愛とは全く別の層の出来事でしょう。「誰かに恋する」「誰か好きになる」というレベルの縁起ではないですよね。そこまでくると自分の命や存在、その流派体系の存命を懸けた愛ですよ。

名越　ここにいないと自分がなくなってしまう。ここから抜け出したら自分が抜け殻になるような感じ。簡単に「最澄のところに戻りません」じゃないですよ。そこに全部自分があるから帰るわけにはいかない。

光岡　いわゆる仏教の話よりも昔の人たちの身体性、身体観、感性がいまの人たちと全く違うということがわかってきました。この話を聞けただけでも今日は話せて良かった。いまの日本人は、「一夫一妻が正しい」といった、無自覚に受けた教育で自分の感情の都合や利害損失に合わせた社会的な規制をかけている。それが当人の価値観に混入してしまっている。

名越　一夫一妻がいい人はそれでいい。そうではない感覚の人もいる。民俗学的には一夫一妻は非常に限定された時空の中でのこと。それを自分がやるやらへんの話やなくて、それがひとつの狭い範囲の選択であると認めながら一夫一妻制を認識する。要するに何が自然なのかは人類はいまだにわかっていないし、おそらく今後もそうなのでしょう。

大麻解禁が世界的潮流ですけど、それを日本で言うときのあの感じにも似ている。CBDオイルなんかはある意味一般化しているのに。

光岡　おかしいですよね。ナチュラルの方がいいのに。自分が自然派を主張するなら一夫一妻もあってもいいけど、一夫多妻や一妻多夫、多夫多妻も認められないとナチュラルではない。薬物も精製されてないマリファナが一番ナチュラルなのに認められず、中毒性の高い抗うつ剤や他の合法的な薬物の方が不自然で問題点も多いのに思惟的に騙されて大丈夫と思っている。対COVID-19の人工RNAワクチンなんか人が死んだり、流産や死産が増えてるぐらい不自然なのに、メディアが言う〝大丈夫です〟で思惟的に共有された概念で大半の大衆が騙されてしまう。それも思惟レベルから感情レベルまで。

名越　それこそ感情の問題ですよね。

第七章　自我と個性と法則性

名越　我々の身体性というものが「死なない」と「死ねない」ものになっている。「死ねない」は一字違いだけど全然違います。ゾンビ映画にしてもそうですが、それらが響きあって時代の強迫症みたいになっている。三百年後くらいにはそう見えるかもしれん。そういう世界に生きているわけだから、たとえば格闘技や武道も影響を受けて変化していっているのかもしれません。

光岡　確実に武の世界も格闘技なども時代の影響を受けてますね。

名越　直接的すぎると言われるかもしれんけど、たとえばＷＷＥのジ・アンダーテイカーの人気ぶりね。三十年くらい前に出てきて、二十年間くらい人気においては絶対王者だったでしょ。

光岡　際立ってましたよね。最初は「死から蘇った墓掘り人」という設定だったけど、途中で路線を変えてハーレーに乗ってリングに登場するバイカーになったりしてましたね。

名越　やられてもムクッと起き上がるあの感じがいいよね。

光岡　その系統で行くと、いまのWWEのサイコメトラー系はワイアット・ファミリーのブラウン・ストローマンや死霊の〝ザ・フィーンド〟に変身する頭オカシイ系のブレイ・ワイアットなんかは一昔前のザ・マンカインドとアンダーテイカーの弟ケインが合体したような感じです。

女子の方はサイコメトラー悪魔崇拝系はアレクサ・ブリスなどがいてリングで黒魔術を使い、精神的に対戦相手を追い詰めていくスタイルが人気だったりします。

アレクサ・ブリスのサイコメトラー的な演出はブレイ・ワイアットの影響もあり、人形との会話が好きなレスラーで、それが怨霊に憑かれて何かの拍子に豹変したり、いきなり魔法を使って急に停電になり暗闇からまた灯りが点くとそこにいて、ふっと息を吹きかけるような真似をしたら相手のレスラーの身体に火がついたりする演出はWWEの中でも新しいです。

名越　もうそれプロレスである必要ないやん。

光岡　いや、このマジックこそがプロレスなんですよ。現実と虚構の間の何でもあり。

名越　それ自体がひとつの技なんや。プロレスなんや（笑）。

光岡　そう、黒魔術が入っている。ジ・アンダーテイカーのようにただゾンビとして起き上がるのではない。黒魔術で相手が火だらけになる。すごいパフォーマンスですよ。ＷＷＥはWorld Wrestling Entertainment＝ワールド・レスリング・エンターテイメントと、二〇〇二年にＷＷＦ（World Wrestling Federation＝ワールド・レスリング・フェデレーション）から改名しスタンスを一変しましたから。ある意味、名前を実際に合わせて等身大にした。レスリングを使った観客に見せるエンターテイメント。だから着火されても火傷しないで次の都市の会場でも試合できる。

名越　アメリカではそれも戦いだと認知されているんや。

光岡　もとからプロレスはそうだから。ただ二者が戦いたいだけなら観客なんて要らないし、誰にも見せる必要はない、ただ当事者同士で誰にも水を差されない所で戦えばいい。プロレスやプロスポーツは観客あってのプロだから、あくまでプロフェッショナル・エンターテイメントとしての認識は必要でしょう。

プロレスを現実だと錯覚している

名越　それって生と死の間を延長して、ある種のエンターテイメントとして興奮させているると思うんですよ。一瞬で生死を決める武術がそういう影響を受けることはあるんですか。

光岡　全くないといいたいところですが、実は影響あるといえばあるし、ないといえば全くない。太陽の光が当たっていたら月の裏側には絶対に当たらないみたいに。武術の世界観は、どちらかというと先に述べた「当事者同士だけで決着をつければいい世界」「エンターテイメント性やプロらしいことも一切いらない世界」です。プロやエンターテイメントにはまだ社会性がありますから。

武術は社会性が通じない前提での生と死を扱う分野ですから、社会性が生じる前の話なんです。ここに影響は及びません。ただ、人間である以上は一〇〇パーセント社会性のない人間は存在しません。言語と道具の話を先ほどしたこととつながってくるんですが、人間が言語を用いている以上は社会を無意識にも認めている「私」がそこにいるんです。よって、人類の生活、言語、文化は社会性の延長線上にあるその時代のエンターテイメント性やプロフェッショナルイズムなどとも全く関係ないとは言えない。

名越　そしたらエンターテイメントの世界でゾンビが出てきたりして生と死が燃え盛

っているときに、ますます武術は自分たちのアイデンティティがはっきりしてくるってことですよね。

光岡　確かに違いが浮き彫りになればなるほど、互いの役割が明確になるからそういう側面もあります。ただ、二〇一九年〜二〇二二年の間におきたコロナ騒動が何より武術のアイデンティティを明らかにしたことは確かで、また、これからさらにそれが問われるでしょう。

名越　「コロナ禍でどう命のやり取りをするか」ではなく、コロナに対してどう接するか。この世界の中の生存様式を問われているわけです。それが武ですよね。

光岡　共同幻想としてコロナが怖いもので、そこに経済やお金が絡んでいるとしても、それはプロレスで言う「ブックの中の出来事」です。だけど、「これは真剣勝負だ」と思っている人が大多数なわけでしょ。

名越　特に関西はそうかも。僕がいうのも僭越ですが、関西の文化人で冷静に対応している人は、希少だと思います。

光岡　プロレスラーは「これはプロレスだ」とわかっているけれど、コロナの場合、当人たちはプロレスをしている意識はない。

名越　密教の見地からすれば、コロナにもあるレベルの意識が存在し、人間の次元ではないのでしょうが、それにともなう意志があると考えても良いと思います。けど、彼らは自分たちの間での生存競争が一番厳しい。どんどん株が変わるわけですから。

自我とは流派である

名越　エンターテイメントで言うと、YouTubeでは先述したように、格闘家が合気道家に忖度して技をかけられるといった光景をよく目にするようになった。YouTubeが流行するにつれて幻想が広がっている感じがします。

光岡　忖度は別に日本人に限った話ではなくて、合気道をやっている外国人も同じですよ。

名越　そうなると日本人の自我が弱くて外国人は強いというのは嘘やね。自我の構えの問題。

光岡　いや、私は「自我の流派」と考えるんですよ。

名越　それはおもしろい。自我の流派なんて、どんな精神科医も心理学者も哲学者も言うてない。

光岡　アメリカ流の自我の流派があり、しかもアメリカ流テキサス派がありカリフォルニア派がある。

名越　それはそうかもしれん。たとえば日本の戦中の撃墜王って凄まじいわけです。何百機という記録があったりする。「途中から勘定してない」と言っている人もいるわけです。というのも撃墜数というものを個人の戦績にする習慣が日本になく、隊の戦果にされていたいうことで、たぶん埋もれた記録も多々ある。

よほどの無我の境地にいないとそんな記録は無理でしょう。空中で上も下もわからんところ。しかも零戦は精巧にはできているかもしれんけど、紙飛行機みたいに脆いところがある。

それを乗りこなすというのは、アメリカ人から見たら「強靭な自我を持っている」と思うでしょう。

でもね、普段は意外にヘチマ育てるのが好きだったりとかして、そういうポカンとした感じを「そうかもしれんよな」と思い浮かべません？　この人、実はそういう感じとちゃうかなとか。

それを一言で「全人格的」というたら薄汚れた言葉になるから、それよりは「自我は流派である」というのがスッキリする。そう考えた方がええのかも。

光岡　まず自我という括りが粗いですよね。エゴというのもそう。文化性によってエゴの発露の仕方も違う。ただ発露する前の段階で共通しているところはあるけど。

いまにいられず居着いてしまった

名越　仏教ではわりとはっきりしていて、自我は苦しみの根源です。自分が苦しいと思うときは「ああ、自我が邪魔してんのやと、いわば当たりをつけて探ってみなさい」ということになる。特に鎌倉時代以降の禅とかは、武術と一緒になったからそういう感じがあります。そうなると生きるか死ぬかやから世界観を観念的に構築するのとか、そういう暇があんまりないんだと思います。あくまで類推ですよ。禅のあり方は僕からみるとかなり不思議で、そういう意味で異世界のように見えるんです。でも理解できるところを拾うと「自我は差し障りである」ということです。確かに自我を心の曇りの要素と定義するのは粗いんやけど、一方で現行それがいちばん自我を考える上で足掛かりにはなりやすい。

光岡　そうですね。掘り下げていったら根底は同じところから自我が発動しているんでしょうけれど。

名越　光岡さんは技の中で存在を追求しています。外からはそう見えるけれど、自我という意識で物事を見ておられないように思えます。

先ほどのラカンの話で「美味しい料理を作れるんやからそれでええやん」みたいに言わはった。それって光岡さん独特というよりも武術家の道筋が見えた気がしました。武術家ってこういう自我の持ちようなんやと。ちょっと恥じる気持ちになったんです。

光岡　なんでですか？

名越　僕は対人関係の心理学者なんですよ。僕が光岡さんと話しているときは、光岡さんと話をする人格であり、他の人と話すときはその人に向けた人格で「一人ひとりの人格は別や」というのを基本に置いている。僕もそうなっていると思っていた。

ところが流石にラカンの話を聞いたときは「怖っ」って思ったんです。でも、そのパラノイアの女性が僕に対してどういう態度をとるかは本当はわからへんでしょ。「怖っ」と思ったときは、女性に対しているという感じやなくて、物語を映画館でホラー映画のようにして見ている自分がいた。つまり居着いてしまっていたわけです。「いま」にいなかった。でも光岡さんは「美味しかったらええやん」と言っている。それって、そのときそこにいるからこそでしょう。

光岡　やっぱりね「美味しかったらいいんじゃないか」と思いますよ（笑）。あとは自分の主体がしっかりしとけば大丈夫なんだから。ホモセクシャル、バイセクシャルの人に言い寄られて主体がないから焦るヘテロセクシャル（異性愛者）と同じでしょ。自分はヘテロセクシャルなんで「アナタがゲイであることは認めるし、そのことは個人的なことだから良いと思うけど、私はゲイではないから私は友だち以上にはなれないよ」という主体の持ち方かな。その人の料理が美味けりゃ「美味しいね！」って言う。私が主体を奪われないようその人との間合いをちゃんと見とけば良いだけのこと。恋愛でも人付き合いでも同じでしょ。ラカンて恋愛経験や色んな種の人間との付き合いが足りんのかなぁ。

いや、えらそうなこと言ょおるけど、私も二十代や、もしかしたら三十代であれば受け付けなかったかも知れない。その可能性はある。若いから付き合いある人の種類も少ないし、女性のこともよくわからんし、まあ年をとったからといってわかるもんでもないんだけど。ストーカーされたら面倒だなって感じますよ。たぶん。

名越　やっぱりそれでも僕は居着いたわけです。「あのとき苦しかったな」とか過去の記憶の想起しますしね。いまにいないわけです。なんでその物語が怖いと感じるかと言ったら、過去の自分の経験が疼いているから。だから、「ああ、これか」と思ったんよね。そういう光岡さんから見たら、いわゆる世間の自我ってちょっと異質なものに見えるんでしょうね。

光岡　みんなが意地張ってるところって何でそこなんかわからないことってよぉありますよね。目の前の相手と対峙してるのに、相手にやっきになっとるつもりでも相手を見ずに自分の力みとか形が崩れとるから技がかからないところで意地張るとか。真実味がないことに労力を働かせ、無駄なことをしているところを見てると意味がわからない。そういう意味では自我の置きどころが悪いというか、自我の用い方が下手な人はよく見かけます。

いまだから人間ができてるとか偉そうなことは言えませんが、そういう人の上手く行かない理由はよく見えます。まあ、ほとんどの人が重要なことを伝えても、そこの急所や要点を外し、自意識や自我が邪魔し上手く行かない場合が殆どです。それも含めて「その人らしさ、その人のそのときの実力」なんで、私もそれ以上は言う気はありません。

積み上げという努力の大したことなさ

名越　甲野善紀先生のご子息の陽紀さんがいらっしゃるでしょう。彼を見ていると自我というもののおもしろさを思いますよね。

すごく定型的にあえて言えば平和主義でニコニコして、本当に人に気遣いする。自分の損得はさておいて他人に譲るでしょう。

彼が小学校三年生のときに初めて甲野先生の道場で会って、一時間くらい話したんです。そのときは甲野先生といまみたいになんでも話せる感じではなく、武術の先生ということへの緊張関係はあった。ところが思わず「人格ははるかに陽紀君の方が上ですね」って言ってしまった。なんであんな失礼なこと言うたんやろ。

光岡 その洞察は自覚なしに出た?

名越 パッと出ちゃう。そういうのは野口裕之先生の操法を受けているからかなって思う。野口先生も前に僕の背中を診て内観されて、「ああ、勝ちたかったんですね」と言われた。「え? 仏の心で人に譲ろうと思っているのになんでそう言われる?」って思った。

でも気持ちよくグサーっとくる。あれは野口先生の自我が言っているんじゃなく、ポロっと出てる。僕もポッと出てしまうことがある。そのときは甲野先生はニヤニヤ笑われたけれど、後で「あのときはああ言われたけれど、本当にそうですね」と仰ってた。

光岡 御自身でも「陽紀の方が、私より人間的にできてますから」とよく言うようになられましたからね。おそらく、その名越さんとのエピソードの後からでしょう。

名越　甲野先生が言うには、一度も陽紀さんに剣術を教えたことはないけれど、見よう見まねで陽紀さんが初めて木刀を振ったことがあった。まだ彼が十代の頃ではなかったかな。教えてないのに稽古に来ている誰よりも打ち合った威力があったと。技も一番対応できて粘れるんやと。

それは甲野先生がまだ五十歳くらいの話で、それって「見て覚える」という話とは次元がちょっと違うでしょ。一緒に暮らしている。何か時間を共にしている中で沁みてくるもの。そういうものの力、本質を甲野先生は我が子を見て感じ入られた。

僕はそれをいまだに消化できてない。いや、わかるんですよ。めちゃくちゃわかるんだけど、いったいそれと学ぶこと技を習得することは、どう関係しているのか。

光岡　それこそ環境ですよね。

名越　師匠と酒食を共にするとか、それは一理ある。飯を食うことはすごいこと。でもいまだにまとまらない。

僕のところにいた弟子が体癖についてずれたことを言ってたんです。あんまりおかしいから笑ってしまったことがあった。そしたらすごい怒った。

「私はずっと真面目に先生の話を聞いてます。それに私は自分と付き合って四十年くらいです。着々と積み上げていく人もいます。そういう人が羨ましいし尊敬する。でも私はそうじゃない。ジグゾーパズルをやるようにあるところまで行くまでは五里霧中。三割くらいできたときにバッと全体が見えだすんです。自分なりの転換ポイントがある。自分はそういうタイプやから馬鹿にするものではないですよ」。そしたらさらに二年ほど経って、彼女は見た瞬間に相手がわかるレベルまでいった。そういうこともあって、人が何かを習得するということは、おもしろいなと思っても構造がわからない。

雑すぎる言い方で恐縮ですけど、光岡さんは天才型でしょ。いや、もちろん凄まじい努力はしているけれど、言うたら最初から士官学校にいるレベル。

内面で逃避の理由を作るのが人間

光岡　それを才と呼べるかどうかはわからないけど、ひとつ言えるとしたら、葛藤や苦闘を自分の中で熟させることができた。要するに自分の中の敵から逃げない。一人一人でてくる自分の中の嫌なやつからも逃げない。そして一番嫌なのが自分の中の逃げるやつ。そういうときの自分には、逃げの理由や言い訳が必ずある。それは自我かもしれないし、プライドや自意識かもしれないように感じます。

名越　人間はただ逃げられない。動物はただ逃げる。

光岡　自然界の動物の場合は自分や子供が食べられそうになると、さっさと逃げます。でも、人間は「ここで逃げなきゃ死ぬ」というような即死性につながる場面が少ない環境に住んでいるので、そのことがかえって逃げ場を自分の内面に作り、そこへと逃げるようになってきました。内へ内へと逃げる技術が長けてきたとも言えます。

内面に逃げようとする自分を感じること。それが上手くいけば深く自分を知ることにつながっていきますが、大体は中途半端に、なんでも避けて通る〝逃避ぐせ〟がついてしまいます。

私が強さを求め始めたのは、弱さの自覚があるからだと言いました。弱さが自分の中へ逃げることと結びつくんですよ。逃げたい方向へ更に進んで行くとこれ以上、もう逃げられない内側の場所に辿り着く。そうしたら、そこに本当の自分を垣間観ることができます。脆弱さの果てに存在する自分から〝強さへの探究〟が始まります。

たとえば腕立て伏せ百回もできない自分がいるとします。最初は五回しかできない。そうすると「百回できないから仕方ない」という理由でやらないでおけるし、内面的にも逃げられるわけです。やらない理由はごまんと作れます。そこで逃げないと決めたときに百回までなんとか一日一回でも増やしていこうとする。逃げたいけれど逃げない自分の意志でコツコツ積み重ねていくことによって自分を深めて行くタイプの人です。

でも、これは実際大したことにならないんです。しょせんは自分が決めた設定やルールの中で決めたスタートとゴールですから。しかし、この「大したことにならない」ことも自分で経験して積み重ねてみるまでわからない。積み重ねてやってみるほうが「大したことにならない」が着実に感じられるんです。

百回、二百回、五百回、千回とやっても、とことん大したことない事実がわかってくる。ただし、そういう試みの中で内面に向けて集注が生じ、内へ内へと向かって行くと、そこに少し本当の自分がいることがわかってくる。

名越　おお、その〝本当の自分〟感。その層はいわば質が変化する層というか。

光岡　もし自分が「腕立て伏せを百回、二百回……できたこと」に価値を置いていると、自分を深く知って行くための集注観が外に散ります。見た目には同じ「腕立て伏せを百回する」行為でも、武術からすれば実力が身につかなくなる行為です。これが繰り返し稽古の悪い例です。補強運動のつもりの腕立て伏せ百回は上手くなりますが、そうなると武術で求められる身体性と実際の攻防との関係性が観えなくなってきます。

少し考えてみるとわかりますが「腕立て伏せ」と「武術／武芸の実力」はあまり関係ありません。まあ腕立て伏せ百回は、目標が「腕立て伏せ百回達成大会」なら役にたつかも知れませんが、あとは極めて個人的な目標とかでない限り大した意味はありません。

実際の攻防は相手がいてのことで、腕立て伏せよりは一見、実践とは関係あるようなコンビネーションを何百回やって積み重ねたとしても、大した意味はありません。

コンビネーションは、そのパターンに相手が入ってくれないと使えない。そもそも「こう来たらこうしよう。こう返そう」という気配を出している時点で一定レベル以上の相手には通じないでしょう。想定をすると外れる可能性が生じます。コンビネーションの問題点もそこにあります。

また、自分の意識が外の目的に向かうので、相手への期待感が大なり小なりあります。「このルールに則ってくれるだろう」「この範囲で相手もしてくれるだろう」といった期待をするのが競技やスポーツの下手な稽古指導や稽古方法です。

武術の場合は「相手はルールを破るかも知れない」けれど「こちらは身体の自然が示すルールを守りながら相手にも負けないようすること」に注目します。だからこそ内面的に自分を知っていくことが稽古の規範となります。

名越　逃げないと決めたら積み重ねる稽古をする。そこでものになると思いがちやけど、でも武術はそれでは全然ダメなんや。

光岡　そこで二者に分かれます。積み上げたことにいつまでも付加価値をつけるか。やっぱり意味なかったと気づき次に進むか。意味がない理由も自分の目標や目的と自分の行為とが一致してないからです。それでもある場面で役に立つと付加価値を見出してしまい、それを絶対的なものだと錯覚する。ある場面とは三六〇度の一度しか役立たないこと。

そういう意味で、先ほどの話からすると、他の人が気づかないことに気づける甲野先生は天才タイプでしょう。

名越　あ、やっぱりそうなんや。人間的には独特の幼いところ、いやもとい、初々しいところはあるけれど（笑）。

光岡　幼さは天才タイプに共通する素養かも知れません（笑）。さらに自分の身体欲求に従って努力もされるし、天才タイプではあります。ただ甲野先生はさらに天才性を自他に求めるタイプでしょう。

名越　自分は凡才やと言い続けておられるでしょ。だからそういうものかと素直に思ってました。いま天才だと聞いて混乱してます。

光岡　何十年もしてきた剣の持ち方を、ある日を境目に〝あっ、そうか〟と気づいて、これまでのやり方を捨てて「今日から剣は手を寄せて持つ」とするわけでしょ。それも思想的に変えることはできず、身体欲求に従ってしか変わらない。本当に使える人を目の前にすると、いままでの自分を即座に捨ててしまえるのは天才の技でしょう。甲野先生の技の展開はいつもそう。

名越　理解不能なんで「ああ、そうなんですね」で済ませていました。

光岡　だけど、ジレンマもあって、合気道が亡霊のようにいるときもあります。身体についているベースとなる癖が合気道だから、それは傍から観ていると身体性として動きの折々で必ず出てきますよね。「蹴らない、捻らない、タメない」と仰ってますけれど、甲野先生が「粘りがありますね」と評価する人はみんな「蹴り、捻り、タメてる」から粘りを持って居着けるんですよね。「粘れる人」は地面を強く踏み蹴って捻ってタメられる人。

名越　ほんまや。絶対矛盾や。

光岡　自分が否定しているそれを褒めている。否定していることが評価基準になっている。合気道時代の経験の亡霊だと思うんですよ。合気道など合気系の武術／武道は体系や流派として粘られると嫌なんですよ。同時に「少し抵抗感があり粘れる人に技をかけられると嬉しい感じ」も流派体系の身体性としてあるので、体系が否定しているそれを褒めているところがあります。

甲野先生が仰るには、師匠である山口清吾先生[*1]が、素人だけど地力のある人に粘られて技がかからなかったことがあったそうです。そういうのが印象として残ったんじゃないでしょうか。なおのこと「粘りある人にかかって欲しい願望」もあるんだと思います。

甲野先生の場合は合気道を媒介して「それ以上の何か」を求めさせているのではないでしょうか。

名越　それは結構普遍的なことかもしれんな。僕もそういうことあるかもしれない。文化の枠の外から黒船がやってくる。そういう意味で素人が一番怖い。

光岡　評価している対象が否定の対象になっていたり、否定してるそれに自分がなっていたり。そういう武術的な問題点について、実は日本古来の武術はちゃんとそこを読み解く方法を見出していました。それは型という稽古方法とその定義です。それが

＊1　一九二四年―一九九六年。北海道に生まれる。三十八歳で大東流を学び始め、堀川幸道に師事。師範免許を得て大東流合気柔術六方会を主宰し普及に努めた。

体系の主体としてあります。

名越　それとこれとがどう結びつくんですか？

光岡　そもそもなぜ型を設けたのか。型は設定されてます。型はめちゃくちゃシビアな状況設定です。稽古する方が常に不利な状況で型は設定されてます。そのような状況下で「自分らしく動き、型を成立させる」ことを試みるのです。ある意味、絶対的な他人（先人達）の価値観がそこにあり、一番自分に馴染みのない何かが提示された上で「さあ、どうする？」と型（他者）が問うてくるわけです。

名越　あ、そうか。わざわざやりにくい形をとるんやね。

光岡　そこまでシビアにすると粘る余地もない。粘らせてもらえない。粘ったら切られるし打たれるし、やられる。そういった意味で「粘れる」のは社会性があるからですよね。だから粘り合戦的なゲーム性もでてきて楽しくなってしまう。しかしながら武術は究極的には社会性を外して行きますから無論、ゲームのおもしろさもなくなります。

　よくできている型、式の場合は代々何年もの命を懸けた戦いの中から導き出されたスタティスティックス（統計）をもとに作られています。いわば「一番都合の悪い条件の中だけでやってください」と言っているわけです。もちろん、初心者向けの型、式などがあり、教伝の過程で変遷されてできた難易度の低いものもあります。とは言え型、式を作った人たちが「自らの命をかけた実践経験から型、式、稽古体系を導き出した初期の型」は、相当シビアなはずです。

名越　そうでないと枠の中のできあいになるわけや。

絶対的な答えがない、という絶対的答え

光岡　だから武士や武術家が「自分たちのやっていることは相撲と違う」というのです。相撲は人間同士が平和に生きる社会性が前提の規範としてあります。粘り合えるし力比べができます。力比べできるならそれは武術ではありません。相手の力に応じることはできても、自分は力を用いず応じられるのが武の術であり技です。力が使えないほどシビア。生命《いのち》が消滅したり存続するようなことが技法として、体系化されているのが私が取り組んでいる武術です。

名越　なるほど。そしたら相撲の成り立ちもわかるわけやな。

光岡　相撲からは文化性がわかります。同種族、同民族だから殺し合わないでおきましょう。互いに武器を持たず裸一貫でやりましょう。今年も無事に豊作でした、相撲

を取りましょう、と相撲を取るわけです。

かたや武術は極論をいえば「隣の知らん奴らが襲ってきたらやるしかない」です。武術と相撲では価値観がずいぶん異なります。

名越　「同民族、同種族だから」の枠を壊して馴れ合いを排するか、を考えて型ができあがった。すごいことやな。

光岡　日本の文化の趣向を凝らしたものが型だと思います。近世までかろうじて型稽古が残っていたから名人や達人も生まれた。

名越　それもこれも型が継承されていたからか。

光岡　シビアな状況設定にするからですよね。そこをフリーにすると状況設定が緩む。合気道など近代武道には〝型っぽさ〟はあるけど、その緩さがある。曖昧な状態で、「とりあえず右手を取る」みたいなのはある。

だけど、柔術だと右手の取り方もさまざまにあるし、各流派での身体観から想定、仮想敵も全て違います。各流派でも違うし技によっても違う。どこをどう取るかで全然違いますから。無論、そこからの次の技の展開も変わるわけですし。そして、その厳密な持ち方に対してどうするかが問われる。職人技ですよね。

名越　おもしろいなぁ。いまの話を受けて間違えた理解かもしれんけど思ったのは、上達するときには総合的な成長が必要で、それは点数化できないでしょ。僕は必ずしもペーパーテストが悪いとは思ってなくて、公平といえばそう言える。

でもペーパーテストに向いてない人にとってはすごい不公平。そういう前提がいまの教育に抜けていて、それはまずいよねと思う。

人間が成長していく過程をどう見るかというときに、才能か血筋か二十四時間を共にしての空気感が必要なのか。それとも具体的な稽古ですかね。そういうふうに細分化してどれが正しいのか。その議論は大事かもしれんけど、なかなか難しい。

光岡 さまざまなファクターを込みにして考えると絶対的なひとつの答えがない、というのが絶対的な答えでしょう。

名越 なるほど。

光岡 武術をやっていると明らかなのは、それは「シラットと空手、どっちが強いんですか？」という質問と同じ。最終的にはその流派体系を扱う個人対個人の話になります。それも実力が拮抗しているとわずかな命運の傾きで、片方に生死勝敗が決まります。だから運と縁に則った技や技法、術であるかが関係してきます。

名越 この頃、YouTube界で言われているのが空手とかシラットではなく、その人自身の強さ。それで納得しようとしている。

光岡　まず、それは第一ステップで必要なことであり、スタートラインにすぎない。私に実力がないと相手に初歩的な技すらかけられないし、ひとつの型が成立することもまずないわけです。とりあえず自分の武術の定義に沿って何かができないとスタートラインにすら立ててない。ただ、そこは個性を通じてアプローチして行けばいい。

名越　その人自身の強さは個性の領域ですよね。

光岡　そう！　その人の強さは間違いなく個性と関係してます。それは、その人の個性を通じてでないと「もっともその人らしい強さ」が導き出せないからです。その「最もその人らしい個性」と「一定の条件下では不変的な法則性」が矛盾したまま両立するかが問われてきます。

この個性と法則性が両立することで初めて武術の体系が体系として成立します。引力や重力を例にとると、日本にいようがハワイにいようが、手に持っている物を離せば下に落ちます。誰がやっても落ちる。ものやタイミングによって落ち方は違うけど、その中で「落ちるという現象」は地球の重力圏内だと共通しているので、そこに個性は見出しにくい。ただ〝何がどのように〟落ちるかには個性を見出すことができます。それこそ自我を貫き通したところに見えてくる個性と、自我を寄せ付けない法則性が両立し成り立つようになっている。

名越　そこに流派の存在意義があり、あるいは流派同士の差がある？

光岡　そこが各流派が目論んでいるところ。でも到達してないところ。

名越　え？　どういうことです？

光岡　何が知りたいかといったら、絶対性を知りたいわけです。であるならば「私にとっての絶対と言える何か」がまずないといけない。でも私にとっての絶対が名越さんにとっての絶対かどうかは私にはわからない。ここで立ち合いや教伝が起きる。

　私が仮に名越さんの師匠だとして、自分が気づいたことを教えて伝えて、それが名越さんにも可能だったら、ちょっとだけ絶対性に近づいているかもしれない。そこに新たな法則性の発見があるかもしれない。

名越　たとえば僕が空手をやっているとして、それに加え借力《シャクリキ》を始めて実力がぐんと上がった。そしたら借力の中に絶対が潜んでいるのかもしれない。この理解でいいですか？

光岡　それだと流派の違いになる。流派はあくまで個性なんですよ。

名越　そうなんや。はー、そうか。開祖がいるからな。

光岡　文化圏の個性でもありますよね。東南アジアと中国、日本では武術は全然違います。

名越　武術が目指しているのは、さらにもっと普遍化された何かなんや。

光岡　じゃないとおかしい。「私だからできる」とか「日本人だからできる」になると伝えられないし、教わることもできない。

名越　ここで言っている「伝える」というのは、言語を越えた話ですよね？

光岡　もちろん。武術と言語研究に親和性があると言っているのはそこです。形成が似ているんですよ。

たとえば、先述したように、甲野陽紀さんは武術的な身体を母語的な獲得の仕方で身につけた。母語の場合、私たちがどうやって日本語を身につけたかは覚えていない。気づいたらしゃべれるようになり覚えていたわけだから。それが母語的獲得です。遺伝も関係ない。

そして第二言語がある地域では、人間はたくさんの言語、つまりネイティブではない異文化を身につけていくわけです。母語との違い、コントラストが鮮明に見える。そこでわかるのは、第二言語に合う身体性を実は内在するOSとして持っていたんだということです。英語をしゃべる私は、英語を話す集団の遺伝子を持ってなくても、英語を話せるようになる身体性を太古から持っていた。

名越　そうなんや。獲得されるもんやと教育では言われるでしょ。獲得するんじゃやなくてＯＳはもうあったんやと。発見するんや。

光岡　人間はＯＳをインストールすることなく太古から内発的にもっている。英語というアプリをインストールするなら、そのＯＳの発動場所と発動源を私は発見していかないといけない。

名越　なんやここにあったんや！　みたいなことか。でも英語をある程度はちゃんとインストールせんと一生使えない可能性がある。

光岡　いくつかの武術の流派体系を学べるのは多言語を使うことに相似します。

名越　そういう意味で光岡さんはめちゃくちゃ多言語な人。だっていままでやったのはどれだけあります。

光岡　柔道、空手、大東流、竹内流、新陰流、陳式・孫式・武式太極拳、形意拳、八卦掌、意拳、韓氏意拳、シラット、カポエラ、カリ、エクスクリマ、キャッチレスリング、ボクシングとか。

名越　その中でインストールするだけじゃなく、その度ごとに「ああ、ここにあった」と発見するわけですね。

光岡　感覚としては外にあるものに自分を合わせているんだけど、ちょっと時間をおくと「あれ？　何が合っているんだろう」となるわけです。なんで合わせられるんだろう。そのときに自分の中で合わせられる「何か」が発露しているから合わせられるわけだとわかる。

名越　僕はそうじゃないかと思っていたタイプの精神科医なんです。でも、やっぱりそうなんやなっていま思いました。

光岡　何かを習得するとなったときにまずは個性が大切。個性を通り越したところにその人の中の法則性、普遍性に近いものがある。でも、それもまだ中途段階です。

というのはいろんな流派をやっていく中で、それでもこれが一番普遍性なのかなという次の層に潜っていけるわけです。けれども個性と普遍性は必ず相反する。かといって個性を排除して普遍性を求めると矛盾する。自我を踏まえてそれを通り抜けたところに普遍性を求める。

いまの人は個性を捨てて普遍性か、あるいは普遍性を捨てて個性を求めるかになっている。個性を貫いて普遍性にいくところを観ないと。昔の人はそういう感性があったと思う。

名越　単純に言うと、進化の図みたいなのがあって、こっちに行ったら鳥類になって、こっちに行くと魚類になるとかありますよね。そういうふうに感じ取れるということですか。

光岡　そうそう。さっき述べたディメトロドンとかピカイアとか。

名越　脊椎ができる前の動物やね。でも、それ武術の流派とは言わんでしょ。でも動きとして流派の感じがあるんや。

光岡　あります。

名越　そういうところから日本のさまざまな流派を見たら、みんな同じに感じてこないですか？

光岡　時代変遷が違いますから同じには観えないですよ。たとえば天狗に学んだと称する流派はおそらく一千万年前くらいの記憶なんですよ。

名越　どういうことですか？　一千万年前って想像できないけど。鹿島神流の國井善弥[*2]は天狗を相手に稽古してたって聞きますよ。

光岡　アルディピテクス・ラミダスとかオレオピテクスとか。あとは枝分かれしたときの反対に恐竜もいますし、その辺りも関係してきます。天狗は人間の原初風景であり、人はその姿を観ている。

＊2　一八九四年—一九六六年。福島県に生まれる。鹿島神流第十八代宗家。「今武蔵」の異名をとり数多くの武勇伝を持つ。

名越　そこまで遡るんや。

光岡　陸上化してからの三億五千年に比べたらまだ人類史なんて浅いですよ。

名越　おもしろいな。そこから武術を展開している人って、七十億人の中で恐らく光岡さんだけやろね。これをなんと言えばいいですかね。文化的遺伝子という言葉しか知らないですけど、それが僕らの中にあって必要な状況があると出てくる。単純に考えるとそうなりますか。

光岡　そこは博打でもあって、どの目が出るかわからない。そこをなるべく出る目を揃えていきたい。みんなである型をやってAさんは伸びた。Bさんは少し伸びた。Cさんは伸びない。同じ練習量と同じ型、式をやっているのに進度にムラが出てくる。

できる人は「この人はすごい」で終わり。できない人は「才能がない」などと言われると結局のところ努力してもダメだということになってしまう。もともと才能あるから強いだけであれば、才能がないなら、どれだけ努力しても無駄になってしまう。

名越　そもそも才能ある奴が型をやるから伸びるんやと。

光岡　個人で強いとはそういうこと。だいたい、強い人や上手い人に限って自分がなぜ強かったり、上手かったりするのか紐解けない。私も昔はそうでした。ハワイで教えているときに、なぜ自分がその技ができるかわからない。でもできるからそれでやる。そのようにして周りを教えると、周りが伸びないわけです。
名越　伸びる人は勝手に伸びるわけだし。
光岡　そうそう。要は個人主義だし才能の話。だったら流派や稽古すらいらないんじゃない？　ってなりますよね。体系に取り組むからこそ、その人が何か得られるようにならないと、その体系の存在意義や意味はないことになる。
武に携わる人たちはそのような体系を自分の中に見出さないといけない。それは私の自身への熟知度とも関係してきます。私がより自分のことを深く知っていかないと体系は成り立たないし、他に伝えていくことなども無論できない。以前はそこを軽んじていたんだなって思います。
名越　なぜ私はできるのか？　と問うのはすごく難しい気がするんです。できたら先に進みたくなるじゃないですか。人間ってそうでしょ。
光岡　多分、本能的に過去を問わないんですよ。進化じゃないけど、本能だけだと過去を捨てて前へどんどん自分を書き換えていく。
名越　下世話な心理学の理論を当てはめると、「なぜ私はできるのかを分析検討したら自分もさらに伸びる」みたいなことがないと、人間はそこに取り組めない気がします。

第八章　感覚の向こうがわ

光岡　何かを学び、それを教え伝える際、リカージョン（再帰性）が欠かせません。ただし、私の教伝においては、通常とは違うリカージョン、いわば光岡式リカージョンが必要なので、それを定義したいと思います。

一般的にリカージョンは時間軸で説明されています。私の考えではこうです。通常のリカージョンと同じく時間の存在は認めてはいます。ただし、それを時間が生じた空間に還元していきます。いわば身体の経験の異なる層位へと向かう内面的な時空間のリカージョンです。

身体の層位のより深いところ、知的な認識では捉え切れないところに過去の身体と経験が存在しており、それよりは浅い層位において物理的、表面的に捉えられるところを私たちは「現実性」と呼んでいる。そのような事例がほとんどでしょう。

身体の規範を内面的な時空間に還元する必要があるのは、私たちの内面的な空間の層位から時が、さらにはそこから時間が生じ、その経験が私たちに内蔵されているからです。

つまり人間に内蔵された空間から時が生じ、時から時間が生じ、それらの結果として認識できる時間軸を用いて、私たちは概念や観念で現実を捉えようとしています。

一方で内蔵された空間、時、そして時間から生じた経験の源にある「因の因」としての空間は、認識できないところにあり、そこで経験されることは概念化や観念化できない真実、真理としてしか存在しません。その「因の因」の空間から立ち上がってくる経験があって初めて真実や真理を導き出そうとする働きも自発的に生じるのです。

もう少し説明しますと、過去と現在、未来があり、私たちは仮説として現在にいます。これを仮説とするのは、現在は固定することができなく常に流れていくので、常に「いま・現在」は存在しないとも言え、したがって私たちはいつも、「いま・現在」にいないとも言えます。

そのため仮説として〝現在〟があるとし、過去を「仮説の仮説」。さらには未来の話しを「仮説の仮説の仮説」として話すことにします。これらの仮説からなる時間軸は、生まれた日か命を授かった日。あるいはもっとその前からでもいいですが、ともかく個人において生まれた日である過去を起点に未来へ進んでいきます。

もうひとつの時間軸は未来からやってきます。いわゆる如来です。未来がどんどん勝手にやって来ては、目の前を通り過ぎて行きます。ぼーっと過ごしても、明日に向けての取り組みに必死になっていても明日は勝手にやってくる。どれほど来て欲しくなくても、あるいはどれだけ早く来て欲しいと願っても、その時は〝その時〟にしか来ない。いわば去来と如来の時間軸の交差点に常に私たちはいるのです。

こうした時間軸を踏まえて、型や式を用いた稽古の理解について述べますと、現在はいつも進行中、変化の只中にあるので、一瞬先の未来は瞬時に過去になりつつあり、一瞬前の過去はいまを通り過ぎて未来になりつつあります。そうであるならば、現在から必ず過去にリカーブし、現在進行形へとリカーブしながら型が成立するわけです。

たとえば三年前に空手のサンチンの型を覚えたとすると、その人は無自覚、無意識にも必ず三年前のサンチンを初めて覚えた日に一旦リカーブし、そして今日また現在進行形の中でサンチンを練習しています。そうでないとできないわけです。サンチンを初めて覚えた三年前の間にも幾度となく型を稽古したとすれば、そのつど最初の経験にリカーブし、さらに三年間の稽古の経験も過去に遡りリカーブしてます。

この過去に遡るリカーブは、個人レベルだけで生じるのではなく、サンチンを私に伝えた人の経験まで含めるともっと多くの人たちの過去を含んでいます。個人に教えてくれた人だけでなく、代々伝えてくれた人たちと開祖までリンクします。誰ひとり欠けても私はサンチンを学べなかったわけです。そこに縁起がないと成立しなくなる。

名越　え？　そしたらサンチンをやるとして、それを教えてくれた人を突き抜けて、その人の師匠の師匠の師匠……と出てくる可能性があるってことですか？

光岡　いや、すでに出てるんですよ。稽古している時点ですでにそうなってるんです。

名越　はぁ、そうか。型ってそういうことなんや。時間を串刺しにしてる。

光岡　型、式を稽古する度にリカーブして現在進行形にしている。どこの時代にリカーブするか。開祖か中興の祖か自分の師匠の師匠かで変わってくる。でも、これは直線的な時間軸だけではできない。だから何が起きるかというと、ここでいまにおける現在と刹那的な現在の違いが出てくる。

刹那はおそらく身体の層位のことなんですよ。観察していくと刹那の層位には六十いくつかの身体の層位があることがわかりました。

名越　菩薩の階位と同じくらいありますね。

光岡　菩薩もメタファーなのかもしれないですね。刹那的な現在というところは、唯一の本当の本当のことがある「とき」ですよね。ただ、そこは「さっきはいまになく、これから先もいまになく、いまのいまもいまにないところ」故に刹那的な現在は常にそこに無い世界でもある。と同時に、ただ、絶対的な真、真実、現実もそこにしかない。その「いまのいま」が常にいまにないことから刹那的な真実の体認、体観は始まります。武術においても「やっておけばよかったのに」もないし、「先にやっておく」もダメ。常に無い「いまここ」をどう捉えるかに集約されます。

ここをどう稽古するかが型稽古の存在に結びついてくるわけです。実は身体が刹那の中で深まっていく層位というのは、二層深まったときはまだ二代前くらいの歴史的身体としかリンクしてないけど、身体の層位を深く四層、五層、十層、二十層と集注観と身体観を深めて行くと、更に何代も前の先人たちの歴史的身体とつながることができます。

要は刹那の中でより深い身体の層位に集注することによって、より昔の祖の身体性に近づいていける。物理的な現実が規範である時間軸では過去には戻れませんが、現在進行中の刹那の中には常に他者としての過去の身体もあるわけです。

常にそこにない刹那的な現在があって、その刹那がいくつもの層になっている。自覚か無自覚かに関係なく、刹那の中のどの層位に集注観が向くかで、その流派のどの時代のどの人の身体性にアクセスするかが決まってくる。

名越　リカージョンの話で思い出した。この前、『キース・リチャーズ：アンダー・ザ・インフルエンス』というドキュメンタリーを見たんです。僕が単に未熟であったんだけど、最初はローリング・ストーンズって奇妙で、いやむしろグロテスクで、それを自分的に合理化して下手やなと思ってた。でも、ようやく五十を過ぎていまはようやく自分なりに全体がみえてきて、すごく良いしおもしろいと思ってます。この映画はキース・リチャーズが七十歳を超えてからのドキュメンタリーです。マディ・ウォーターズというブルースギターボーカリストがいるんですが、キースがその人のレコードかけて、「いや、こんなギター弾く奴とは金払ってでもセッションしたい」って笑うんです。そのとき、「この人は何代か前からのブルースを体の中で聞いているな」って感じがしたんです。それが伝わってきた。

でもね、そんな層が身体にあるんなら、特に最初のうちはコントロールできませんよね。「じゃあいまから五代前に行きます」っていうわけにはいかんでしょ。「あれ、いまこの感覚はどうなんやろ？」ってなるのと違います？

光岡　確かに何の手がかりもなく最初から層位に気づくことは難しい。ましてやコントロールなんて更に難しい。ただ、武術の場合、そこに型があるから助かる。型のできた時代を私たちは変えられない。塵浄水の礼が九百年前にできたのなら、それはもう変えられない。塵浄水の礼に影響した型がその前にあったとしたら、そこも変えられない。

名越　なるほど。友人が漢方をやってて、その人は絶えず『傷寒論』[*1]を読み続けている。「そこに戻るしかないんだ」と言うわけです。それは聞いていておもしろい。いくら積み重ねても『傷寒論』が書かれたときの衝撃に勝るものはないんだと。

型と経験的身体の関わりについて

光岡　型によってもたらされた経験というのは、これまで型を稽古してきた人の経験にも連なっています。その人たちの周りの経験もここにあるわけだし、ここから次の瞬間に生じる経験もある。この経験の中に身体性がある。

塵浄水の礼を作った人がいて、その人の経験を私は礼式を通じて追体験する。その経験の中に相撲に必要な足腰が形成される。その流派特有の勁道が通って、相撲に必要な身体性が獲得される。九百年をまたいでも同じことが起きる。

塵浄水の礼をやったら左右が定位する。どんな素人がやっても相撲に必要な腹と腰が安定する。その経験を養うための礼式です。だとしたら一定の条件の中では普遍性があるかもしれない。そこが型、式のおもしろいところ。

ただ、これは意識が経験的に対象化できる感覚ではない。型をやって「強くなった」という実感や感覚が伴わない。そこが一番重要なポイントでもあります。というのは感覚より前の世界だから。感覚できない世界で起きていることを規範に型、式は作られてます。感覚できない深い層位の世界で何かが起きているから、その結果として表層的な物理世界や意識が介在できる世界でも結果として強くなる現象が起きた。

名越　感覚のまだ向こうがわ、そこが知りたいよね。そこがひとつの空間性をもって確かに存在していると、私も確信するようになりました。そこがなければ我々が感覚と呼ぶもの（身体の内部の感応的感覚）がある方向性というか、射程を持ちえないのではないかと思うねんな。

光岡　気の世界や客体の世界は感覚できない世界です。型を通じて現象を導き出すことはできるけれど、「そこに意識が介在できないこと、コントロールできないこと」と「本能的な感覚機能でも理解できないこと、自我や意識の経験ではわからないこ

＊1　中国の医学書。後漢時代（二世紀末）に張仲景によってまとめられたといわれる東洋医学の古典。

と」を受け入れておく必要があります。
　あと型、式に関しては何年、何百年もの経験値と知恵が内包されているので、その経験値に沿ってやると型、式は他力となり味方してくれます。けれど、塵浄水の礼の礼式を間違えてやると逆に両側が不定位になったり、左右のどちらも弱くなったりします。

名越　間違えたらえらいことや。

光岡　だから昔の武術家は手順や方向、数、形、型、式の細かいところにうるさかったんだと思います。ただ、同時におもしろいのは、その細かいことにうるさい当人たちは具体的に「なぜ、そんな細かいところまで残された通りにするのか」「なぜ変えたらいけないか。変えない方がいいのか?」はわからずそう言ってる場合がほとんどです。あるいは、その理由を知らない人たちが大多数です。直感だけで「これは変えない方が良さそう」「ここはこうしないといけない」と言っている。下手に変遷を加えると稽古すればするほど弱くなることが、明確でなくとも当人の中では疑いようのないほど普通のこととして理解されている。

名越　師匠が下手だとどんどん弱くなる?

光岡　それは型、式を最初に作った人が問われます。開祖が実践経験を経てちゃんとした型を残して置いてくれたら、その後の師匠がどんなに下手でも、型から開祖や中興の祖までリカーブできたら、上手くなる人もいます。そういった例の方が多いです。体系や流派内の少し抽象度の高い輪廻転生のようなものでしょうか。

ただ、もう一歩踏み込んでみると、さらには開祖が型を発見した感性の源《ルーツ》まで遡り、型が発見された要因の要因まで遡れる人がいると、流派内の中興の祖が出てきて、イノベーションが生じます。

しかし、どれだけ上手い人でも式や型を間違えると違う現象が起きます。基本的には相当わかった人が変遷でもしない限り、手順、方向、数、形を変えたらうまくいかなくなります。

密教の行も厳密ですよね。あれはひとつひとつに身体性が関わっているんですよ。それを変えると変なことが起きる。変えてもいいんです。ただし、わかっている人がイノベーションを加えないといけない。

名越　シンプル過ぎるけど柏手《かしわで》でもそうですね。宇佐八幡や出雲大社は四回。ふつう二回でもね。

光岡　原理や法則性がわかっている人が変えないと、とんでもないことが起きる。

名越　無力化どころか最弱化してしまうから、いうたら餌食になる修行ですよね。

光岡　なぜか〝型を変えたらいけない、変えない方がいい〟と感じるのは、人間の直感力が本来は優れているから。下手に感じたことを意識したり、あれこれ操作しようとしなければ人間の直感はちゃんと働くんです。人間の身体の感性としてあるんです。例をあげるとオリンピックの空手ってひどいでしょ？

名越　僕が素人目に見ててもわからな過ぎてひどいなと思います。とにかく、どっちが何で勝ったんかなんかもよぉわからへん。

光岡　オリンピックで準優勝した女性が大会前にＴＶに出てて、空手を全く知らないレポーターから素人がするような質問をインタビューされていました。その質問のひとつが「あの空手の動きはアイススケートみたいに自分で振り付けをしていいんですか？」。そう聞かれて彼女は「型はずっと決まっているので、決められた通りにやらないといけないんです」と答えてました。

何が酷いかというと、空手の世界のトップクラスの人間でも「型はなぜ変えたらいけないかわからない」のと「ただ、ひたすら言われた通りに、残された通りにやっていればいい」と言えてしまうところです。

型を変えたらいけない理由を探究してこそ型の本質的な意味と理を自分が理解することにつながるのに、安直な型の分解ぐらいでしか説明はできない、あとは「ただ言われた通り、残された通りやらないといけない」といった思考停止状態に陥っている。

勝手にアレンジすることなく残された通り型をやることは間違ってはいないのですが、型によって「必ず左側から受けて突く」場合や「必ず右足から出して突いて、次に左足を出して突く」など決まっています。なぜそうした方がいいのか、そうしないといけないのかを誰も説明できない。

名越　レポーターの人が質問する気持ちもわかる気はします。同じ型をみんなやるわけやから、空手の型競技って、どうやって優劣つけるのって思うよね。それに、何でそう動くのか、そういう動きの構成にならんといかんのかが、素人だからと言われればそれまでやけど、あまりにもわからへんしね。

光岡　確かに競技において、同じ型で優劣をどうつけるかは誰が観てもわかりにくいですね。そもそも空手が観客や審判が見て評価するようなものではないからです。個々の中から立ち上がってくる経験が規範となり、そこが型と矛盾なく同居できることに型稽古の意味があります。

しかし、いまのままだと結局はみんなが見てわかるのは点数だけ。その点数の基準も曖昧で、その曖昧さゆえに周りにわかるような余計な表情を変えるパフォーマンスをしたり、〝力強い〟〝迫力がある〟〝凄い〟などの抽象的な素人がするような評価しかできない玄人ばかりになっています。
そもそも空手が武術であると認めた上で言うなら〝相手に見せる〟気配を出しまくった動きを稽古してるところからして可笑《おか》しい。気配を出しまくることは相手がいたら読まれやすい動きや技ばかりになってしまうので、武の稽古方法としては大いに問題があります。本来なら素晴らしいはずの空手の体系が勿体ないと言うかなんと言うか……これは現代武道全般における問題で、空手だけの問題ではないのですが、そのＴＶの取材でのやり取りからオリンピックまでの一連の空手界の流れを観ながら、そう感じずにはいられませんでした。

名越　なるほど、そうなると競技と違って武術の一子相伝とかもわかる気がするな。弟子に息子と名越が残ったけれど、「どうもあいつは型を変えそうやな」とかあるやろな。そうなると型の重要な所を変えそうにない方に相伝することになるわけや。自然と型のことや意味を良くわかっとる方に道を譲ることとなるんや。

光岡　武術は実践で試せば自ずと結果が出るので、変なアレンジを加えて隙だらけの身体の状態になると負けるし、最悪の場合は死に至りますから。この辺りは武学などで行っている稽古学習での「型」と「式」の違いになってきます。
「式」は基本的には思考停止する傾向があります。何も考えずにしきたりの通りにすればいい、意味とか理由とかわからずとも残された通りにやればいい。伝統文化の継承などは、このような式によって遺されていきます。

「型」になると思考停止は許されない、なぜなら「型」には先人が経験し残して来た〝仕組み〟と〝技〟や〝術〟が存在するからです。これには文化的な身体観と感性の共有が必要です。教伝する側が目に見えない所で起きていることを観えるように教えたり伝えたりしないといけません。型を理解するには型に内包されている「勁道」と「獲得される身体観」「集注の向け方」「経験的身体」などが共に必要となります。

名越　右足を左足に変えたりしたらもうアウトや。精神医学や心理学にはそこまでの厳密性はないなぁ。

光岡　おそらく昔の武術の立ち合いは命が懸かっていたからでしょう。必死だから。昔の武術家は物事を感覚するのではなく察知してた。武術的には気は察知することしかできないから。

名越　だって感覚以前やもんね。

光岡　感覚されてるときはだいぶ察知した後の話。武術だとそれでは遅いんです。他のジャンルなら大丈夫。互いに粘り合える相撲とか力比べとかなら。強い力が来たら、こっちへ力で返してやろうとか外してやろうとかしていても間に合う。

名越　僕らで言うたら「えーっと……、カルテをちょっと調べますね」とか。

光岡　本来の武術の場合、大前提の体系のシビアさが主軸のテーマとしてあるのでその余裕は実質的にないはずなんです。それも観念論や精神論、思想としてでなく〝実質的に〟ないと実践に向けての稽古が成立しないことになります。それらを考慮してみると、他のジャンルではタイムラグが許されるところがだいぶ伺えます。

感覚の向こうがわと型

名越　僕が経験した中では音楽がシビアやね。微妙なずれが落とし穴でガタガタになるから。こないだファーストアルバム作ったんですけど、マスタリングする際は、僕の耳のレベルでは完璧だった。だから最終確認にスタジオに行ったときには聞き流していたんです。

そしたら曲間のインターバルにドラムスが「もういっぺん聞かせてください。あとちょっと早くなりませんか」と言った。多分ミキシングを担っていたバンマスの耳はすごいんだけど、あえて余地を残していたのかも知れん。

でもドラマーのKさんは絶妙のタイミングでないと気持ち悪い。もうみんなわかっている。そこは平等に一票の権利を持つバンドでも議論にならない。それで聞き直してみたらわかったんです。これを求めていたんやなと。この得心の仕方は感覚ともちょっと違う。

嘘かほんまかわかりませんが、美空ひばりはあらゆる録音が一発録りだった。オーケストラの人はどれだけ緊張したかと思います。フランク・シナトラはどうだったんだろう。彼の場合は変な音を出したやつはハドソン川に浮かんでたって。もちろん空想話だと思うのですが、ちょっとリアル過ぎる。

光岡　人類史において一回性が普通だった時代がありますよね。水墨画は描き直しができない。世の中は全て一回性でやり直しが利かない。それしか知らずに育っていたら、それが当然になる。

とはいえ、その一回性が普通だった時代の感性から導き出された型や式はやり直しが利く。武術の型、式の場合「本当だったら死んでいる状況だけど、型や式だからよかったね」というのはある。だけど、実際の世の中はやり直しが利かない。それが圧倒的に普通だった時代だからこそ、あそこまでシビアなものが生まれた。

名越　いまの時代はやり直しが利くことが前提になっているけど、一回性の世界を通じて型を作ったわけやね。感覚ではわからないから、感覚では「こっちの方がええんちゃうの」と思っても型として成立しないこともありえるわけでしょ。
僕ごときでも少しはわかるんです。レコーディングをやったとき、バンドマスターに「今日は今日の歌だから」と言われた。確かに同じ曲なのに毎回根底から違う。そしたら科学的マインドに侵されているもんだから、「何が本当の俺の歌なのか?」と迷い出す。歌い出す前に空想すると広大な海を泳いでいくんやみたいな感じになってしまう。偶然性に飛び込むしかなくて、どんな声が出るかは、声を出すまでわからない。

光岡 おそらく、傍から第三者が見ていると、それも型のように毎回たぶん同じにしか見えないと思いますよ。歌詞が変わるわけでもないし、曲のフレーズやリズムも型みたいなもので、型が表面的に同じだからこそ中身がどんどん変わっていく。「同形質変」ですね。

名越 毎回、偶然性に飛び込むまでどういう世界が起こるかわからない。武術の型は偶然性の渦の中で自分を保つためにあるのかなと思ったんです。

光岡 型は稽古における自身を省みるための稽古方法であり、原理や法則性を学習するための学習方法、技や動きを習得するための習得方法でもあります。だからこそ型を実践時の理想図にしたらダメなんですよ。

たとえば相手が突いてきたら、それを「この技で受け止めて突き返す」という動きが型の一部としてあるとします。そこで予定調和で「相手はこう来てくれる」という理想図にすると、型の稽古は台無しになってしまいます。それなのに、武術、武道界においては大部分がそうした指導をしてます。そんなふうに間違えてしまうのは先生の教え方や型の定義の仕方に問題があるからです。何を稽古し、練習しているのかをもっと考えないといけない。型との距離感や間合いが現代人の感性からして理解しにくいところがあるけれど、そこから日本文化の身体観を理解しえる可能性があります。

型稽古では何回か互いに同じ動きをすれば、互いにどういう技を行うかがわかります。互いに次に何が起こるかわかっている中で、一回性を求める矛盾をちゃんと設けないといけない。次に何が起こるか互いにわかっていて、知ってる中で、それを演技や忖度でなく「初めての経験」にできるか否かが型稽古で求められる一回性の醍醐味でもあります。

つまり最低限でもしないといけないことは毎回初期化すること。そこが「動き」の練習と型稽古の違いです。

型とは違い「動き」や「技」を規範とする練習では、動きや技を変えて新しい動きや技として初期化できます。その自由度が動きの練習のよさでもあり、同時に型で求められることとは難しさが違います。

名越　ワクワクするほど困難過ぎる課題ですね。型をしながら偶然性に自分を放り込むことができるかが問われるわけだから。

光岡　そこができて初めて型稽古の実践ができ、また稽古で行っていることが実践とつながってきます。裏を返せば型稽古でそれを稽古ができないのなら、型は実践では全く役に立たないものになります。

名越　型の通りにここに打ち込んできて、返すみたいな。

光岡　いまの武術、武道の世界では九九パーセント以上がそういう理解になっている。それは間違いだと頭では認識しても、稽古の最中に初期化できない。相手がナイフで突いてきて、それを取る。二、三回もやれば、「こうすれば取られない」といったカウンターがいくらでもできる。毎回初めて受けるといった、まっさらな状態にならないといけない。そうでないと型を通じての技の上達につながらないんです。

名越　いわば一回ごとに記憶喪失になるようなもの。心理学の世界でもそうなんです。いかに用意しないか。「予測したら患者さんに圧倒されて終わりですよ」というのはまさに自分の経験則なんです。用意しているとぜんぜん間に合わない。

話を聞いてますと、実際の稽古でされているのは、こちらに行ったら馴れ合いだし、こっちだと技の向上にならない。そんな薄皮一枚のことですね。臨床家として考えていたことと似てます。

生命はガチ

光岡　ここしばらく年末からいまだかつてないほど体調が悪くて、痛いか激痛かのふたつしかない感じでした。

先日、野口晋哉先生の操法を受けたのですけれど、いっそう痛くなりました。どれだけ激痛があっても甘えさせてくれない。でも、よく身体の激痛の間を観ていると、その自然と生じる苦痛から身体が新しく組み換わり、激痛の中だからこそ次につながることがあるのだとわかります。苦や激痛を通じてそれとは全く別ベクトルに身体が変わろうとしてることだけはわかる。それって絶望感の中から観えてくる希望ですよね。野口晋哉先生も「身体もガチですからね。それくらいの気持ちで対峙しないと難しいですよ」と話しておられました。

名越　身体はいつもガチなんですか？　僕の身体に限っては冗談でできているとかはない？

光岡　頭は冗談でも身体はガチですね。生命も気を抜くとガチで私を殺そうとしますからね。身体は常に「ガチで生きる気あるのか？」を私に突きつけてますから。

名越　ああ、そうか。僕は六十歳過ぎて本当はほぼ死んでいるんやなと思ったんです。股関節も大腿四頭筋も痛い。これが仮にマタギなら満足に狩りもできない身体なわけですから食えない。そしたら死ぬしかない。でも、僕は「まだやりたいことがあるから」といっておめおめ生きている。ほんまおめおめ生きているんです。歩いて鍛えたりしてはいても身体は「オイもうほんとうは死んでるぞ」と言ってくる。

光岡　身体は死も生も平等にガチで突きつけているんですよ。本当にこの先も一緒に生きる気があるのかどうかと。

名越　五十歳過ぎてからカウンセリングでお金を頂かなくなったんです。お金をもらうと負い目になるなと思ったから。僕は弱いから本当のことが言えなくなる。

　これまで人並み以上の数は診療してきたし、本当に自分のやりたいことをしようと思って、「カウンセリングはしますけどタダです」と言い始めた。「タダでしてあげます」ではなく、「しますけどタダです」だと、力がこもらないし楽になった。

　六十歳を超えて「今日も生きるのか」と身体に突きつけられているとなって、そこは真剣勝負せんとあかんと思うようになった。まずは自分の心身にストレスのあるお金との付き合いをしていると死ぬぞ、というのが僕の中にはあったんです。光岡さんは「身体の方はガチ」でガンガン攻めてくるぞと言われましたが、変に生きていると身体は殺しにかかってきます。

光岡　他人ではなく、自分の中の異なる他者としての身体、生命、死が存在し互いがせめぎ合ったり、淘汰をしようとしたり、共に生きようとしたり、互いの関係性を怠ると自分を殺しにかかって来たりします。

名越　しっくりきます。ちゃんと付き合うのは仲良しになるというのもあるけれど、それだけじゃない。殺しにかかってくるからちゃんと付き合える。

光岡　向き合うというか。認めていくというか。いずれにせよ身体を主体にやらないといけない。

　ということは、激痛が走るときに「なんでこんな目にあうんだ」と言わずに、「そうだよね」と言えるか。そしたらもっと激痛がやって来る。もう限界かなというときに、どういうわけか身体の方が「まあこれくらいでいいでしょう」「こっちなら行けますよ。少し楽がありますよ」みたいに言ってくれる。そういう体験もあって、外部からの治療行為を用いて痛みから逃げたらいけないなと思います。これまでの人生のさまざまなファクター込みでいまの自分を受け入れ、痛みを認め、痛いという状況を大切にしながら身体が次にしたいことを主体的に観守ってあげる。
痛みにも形があるんですが、つい感覚をひと塊で観たくなるけれど、その感覚にも形があるので、その形にそって小さなシワや隅っこの節目なんかも観ていくと身体の方が「よく観てくれたから、まあいいでしょう」と言ってくれる。痛みの感覚も分け隔てなく受け入れてあげる。というか、実は向こうがこちらを受け入れてくれてるのかな。

名越 受け入れてくれたんだと思います。

光岡 そういうのを「内側の仏」というのかもしれませんね。

名越 何度も話題にしている植島啓司さんが「仏とは身体の中で同化できない違和感のことである」と書いているんです。
どうしても人間は統合できない。動物みたいに一体となって生きられない。必ず違和感がある。それを仏と古代の人は呼んだのだと。
光岡さんの話を聞いていると、同化できなさを抱えている人間の実践そのものではないかと思えます。

光岡 名越さんも武術の稽古しません？

名越 実践するには途方もないことだと思うけれど、興味を持ちました。

おわりに

〝もの〟と〝こと〟と空っぽさについて――。

最近、物と事について考えさせられることが立て続けにあった。この〝もの〟と〝こと〟の関係は実に精妙で面白く、私たち人間が人間であることと深く関係している。

物は事の果なり
事は物の因なり

人の世においての〝物〟とは、人の手が加えられ、人の行為が〝事〟として介在した物を〝もの〟と呼ぶ。

また、自然界にも物はある。ただ、その物は事の因が常に物の内面に働き続けている物である。そして、人は、その〝物〟に形を観る。

〝こと〟から〝もの〟へ、そして「物の果」として現れてきた形があり、それを形成した働きを遡り観ながら、その過程の〝こと〟と、結果として生じた〝物の形〟のつながりを知る。そこに有形無形の世界の意味は存在する。

人において、物や形から事を汲み取る術あり。それ、形と意の関係や内と外の関係における格物致知となるや否や。

人の行いは物を作り出す。人の手が〝事〟として加わり〝物〟が其処に出来上がる。様々な人の気持ち、感情、感覚、心や意、思い、想い、考えがそこに介在し、行為となり、そこに物が出来上がる。

物には事の果あり
事には物の因あり

その人の手の加え方に違いがある。つまり、それは事の違いであり、その事の違いにより如何なる〝物〟がそこに立ち上がってくるかが決定づけられる。

この書籍を名越院長や尹雄大氏と作る作業も、まさに事の連続であった。私が名越院長に〝ある夜フト〟電話をし「これから二人で本をつくりませんか」と尋ねたところから事が進み始めた。

その私の中に強い動機があったかと訊かれると、必然性は感じていたものの薄っすらとしたものだった。それは「名越康文と共著を出さねば！」的な強い動機の感覚ではなく、薄っすらと何かに動かされながら電話をし、共著の話をし、前から決まっていたかのように院長に話を承諾してもらった。

何が私にそうさせたのかはわからないが、その〝何か〟が今回の書籍を世に出す必然性を齎《もたら》したことは間違いないだろう。

このようにして話が始まり、私や名越院長は定期的に会う時間を見つけては話をし共著の作業を始めた。また常に現場にいてくれた、ライターの尹雄大氏の校正の力なくしてはこの本が世に出ることはなかった。そして、最初から本当にいつ切れてもおかしくない細い糸が繋がりながらこの本は日をみることになった。名越院長、尹氏、解説を書いてくださった甲野善紀先生、校正に常に目を光らせてくれていた国書の伊藤嘉孝さん、そして私と様々な人間の気持ち、意志、潜在意志、思い、感覚、感情、感性が介在しながら、少しずつ事が〝物〟に成ろうとし、この本が一つの形となり出来上がっていったといえる。

このような〝事の連続から生じる物〟の極めつけが、まさに今書いている〝おわりに〟をどのように書けば良いか思案していた最中に、ある思いがけない〝物〟が、私の手元に届いたことだった。

熊本在住の鍼灸師でもある加納良寛氏がS氏を介して、三尺三寸の大太刀を私の手元に届けてくれた。数年前、刀に詳しい加納氏に「三尺三寸の太刀と縁がありましたら、教えていただきたい」と軽い気持ちでお願いしていたのだ。

いつの日か夢が叶うことを願うような気持ちでいたが、長らく連絡もなかった。半ば諦め、忘れかけていたところ、まるで今回の本の仕上がりを待っていたかのように、私の手元へ三尺三寸の大太刀が届いた。

この出来事は私が本書の原稿の二稿目のゲラに取りかかる前日の二〇二二年五月八日（日）に福岡で行った兵法・武学研究会の稽古研究会の日のことだった。熊本からS氏が来られ「加納さんから、光岡先生に渡すよう託され預かってきました。遅くなり申し訳ありません。また、熊本へお越しいただける日を待っています」とのメッセージと共に三尺三寸の大太刀を手渡された。

この〝物〟は様々な物語や事を経てこの形となり、更には人から人へと伝わり私の手元まで来たのだろう。これからの人生において、この〝物〟と生涯を共にすることになりそうである。このような〝物〟との運命的な出会いがあり、それにより〝おわりに〟の文書が吐息を得て動き始めた。

感無量の出来事であり、ここまで〝物〟との出会いに心を動かされたことは人生初だった。

さしずめ《百鬼夜行　毳正（荒真刀、あらまさ）》と名付けたくなるような大太刀。手に取った瞬間から私の身体にピッタリと合う太刀との運命的な出会いを感じた。

ただ、私と福岡と三尺三寸の太刀には因縁があり、その扱いは気をつけないといけない。というのも以前、林崎新夢想流居合をされている方で、私のところへ習いに来ていた方の三尺三寸の刀を借りて素振りをした時、切返しの折に空中で刀を曲げてしまったことが二度ほど同じ福岡の会場であったのだ。そのようなことから、今回はとりあえずはその場では振らず、刀身を見ることに留めておいた。

その夜、宿に戻り何度も太刀を使ってみたが、おそろしいほどに馴染み、新たな刀法が身体と太刀から勝手に出てきて驚きを隠せずにいた。不思議なことに太刀を手に取ると、そこから物の歴史が感じられ、太刀が私に語りかけているかの如く色々なことが伝わってくる。それは砂鉄、熱、衝撃、水冷の連続が生み出した事の連続である。様々な事が連続的に生じ、この刀が物となり私の手もとにやってきたわけだが、これは物であっても「生き物」である。よって、太刀を使うときにも、丁寧に接し太刀の行きたい方へ導いてもらうと身体とピタッと合うも、少しでも雑に持ったり、単なる物質として扱うと太刀の重さで手首や肩がやられそうになる。まさに「生きもの」である。そのことが手から伝わってくる。

何もない所から気体になり、火になり、水になり、物へと変化して行く。あたかも地球が形成される過程に直接関わるような経験が手の内に感じられる。

ハワイ島の溶岩から形成された大地の上に住んでいた頃、よく感じていたことだった。ハワイ島は海底から火が生じ、水により冷え、硬度化し大地ができ、人間が足を置き住める陸地が地球上で形成された。そうした大地の形成過程を、まだ目の当たりにできる場所がハワイ島、私の第二の故郷である。

足元の数メートル下には、熱い溶岩が流れ、時折り噴き出て地上に姿をあらわす。このような光景をいつも観ていると自然界なくして人間は存在せず、また自然界の気まぐれで私たち人間は一瞬でいなくなってしまう存在であることを身体の芯から感じられた。

ハワイアンが立ち、また私が立っていたハワイ島の地も、自然界が与えてくれた人間が住める陸地であり、人間が関わりをもてる地球上最大の〝物〟である。また目の前で熱く流れる溶岩が地下から噴出し、流れ、自然界の〝事〟が過去の〝物〟を覆うようにして古きを消し去る。その古い塊としての陸地を形成した溶岩なくして、私たち人間は存在しないという自然の摂理がある。

ハワイに製鉄技術はなかったにもかかわらず、ハワイの島そのものが日本刀が出来上がる過程と相似しており、それは地球上で人間が存在しえる陸地が形成されていく過程にも似ている。私はそれを感じていたようである。私の身体がハワイ島が形成される過程を感じ、覚えていて、それが太刀からも感じられた。この不思議な経験は無から事が生じ、事が物へと変わりゆく過程であり、それを私の身体は観ていたのかもしれない。

日本刀とハワイに共通点など何もないように思うだろうが、論理のみの世界を感覚する人の感性にはない世界が垣間見えると、そこに新たな感性が芽生えようとする。


私には身体で感覚され、観覚される世界しかわからない。その感性と観性を通じてしかわかり得ないことかも知れないが、このハワイと日本刀から観えてくる〝事〟と〝物〟のつながりから何か自然界と人間界の関係が垣間見えた気がする。

こうした経験から、この書籍の〝おわりに〟の風景が見えてきた。事が物となり、物から形が見えてきて、形となり、その形となった物が、また本となり、皆が読むという行為を通じて事化していく。この辺りに物と事を面白さと精妙さを私は感じてしまう。

この書籍で、そのような世界観があることを僅かでも世に提示できたなら、まだ少しだけ私たち人類にも希望があるのかも知れない。


自然界では、事から物が形成され、そこには何もない所へ何かが形成されて行く過程が存在する。しかし、まず、そこに必要なのは何もない〝無さ〟〝空っぽさ〟である。

そこに何かが既に存在し、その時空間を満たしていると「何かが生じ得ること」「存在し得ること」がなくなってしまう。無、なさ、空、空っぽさ、これらには〝何もない〟からこそ、何かが生じ得る可能性があるといえる。

この事を感じさせてくれるのが、事の終わりであり、死であり、物の消滅である。つまり、本書にも出てくる武のアイデンティティとなる死生観である。

その全てが消滅した空っぽなところから生じる〝事〟の連続により、新たな〝物〟が生じ纏まりを迎えようとする。これが私たち全ての存在に平等に与えられている生命であり、消滅であり、死である。

この現象に私たち人間は関わることしかできない。この自然界が提示する現象に私たち人間が少し関わることができた瞬間に人間は静寂と歓喜の矛盾した同居を経験することができる。

全てが消滅し何もないところから私の存在を通じて何かが生み出される経験、その経験に私たち人間の行いが少し関われることに私たち人間は静寂と歓喜を覚える。

それは、まさに自然界の法《のり》のように、何も無いところから事が生じることで様々な物が生み出されてきた生命史でもある。その過程を私たちも体験できることに「無と事と物」の縁《えにし》を感じ、つい追い求めてしまうのかもしれない。

世の中には〝物は所詮は物〟と言う人もいるが、それは物質還元主義化した身体観を無自覚にも内包している人の言葉であり、そのような物の扱いを人がした場合には確かに〝物はただの物〟になってしまう。そのような感覚の持ち主は「無から事へ、事から物へ」と至るまでの移ろいを体会、体認できないのかもしれない。

それは、身体《からだ》を肉体肉塊とし、私たちが自身を物化し始め肉の塊のように扱い始めたことにも通じてくる。本来なら〝もの〟と〝こと〟の関係性を精妙に誰もが感じ、観て取れる世界があったにも関わらず、私たち外の世界を物化するだけでなく自身の内面にも観念や概念による物を置くようになっていった。

そして、いつしか内面の物化した世界を互いに〝現実〟と呼ぶようになっていった。

このように脳や頭、精神の方からすると肉塊の存在感、実感があるが故の生きている感覚は「自己パブロフの犬化」の最たるところである。頭がパブロフの犬のように身体をコントロールし調教しようとする。その身体は痛みや苦しみで身体が弱くなっていることを頭に訴えかけるも、頭は更にテクノロジーを使い身体の聲《こえ》（存在）を消そうとする。自分で自分をパブロフの犬に仕立て上げていきながら、自らの固定化された概念、観念の犬・奴隷に進んでなろうとすることを大多数の人間は〝現実〟と呼んでいる。

人間の自己家畜化の時代から自己機械化の時代へと進み、便利で安全な環境の中で自己ペット化し、さらには自分で思考する力と自分で生きようとする力も全て放棄し、現代は完全に人工化された環境に自分を委ねてしまっている〝自己機械ペット化〟した人類の世代になっている。そして更に最終段階としては「自己情報機械ペット化」と物理的な実体でなくアバターのみで存在する完全人工環境依存型の人の群れへと人類はなろうとしている。

これも皮肉なことに人間が「事から物へ、また物から事へ」と移ろう〝事と物の関係性〟を人間が自らの感性で見出したからこそできてしまうことで、この近代文明化の中で生じた「テクノロジーによる事の物化」の問題点に人類の多くは気づいてないのかも知れない。

人間の存在がある以上は、そこに人間の行為が必ず介在する。ならば、介在する以上は私たちが如何に自然に介在するかを自らの行為を通じて省みるところに、最も身近な自然である私たちの身体への体観、体会、体認があり、人間としての存在の意味がある。

自分の物と関わる時の行為は自然か否か、さらには自然界の事物と自分が関わる時の行為が真に自然な「事」としての行いであるのか？　それとも「物化（観念化、概念化）された事」であるのか？　などが問われてくる。


物と事は不可分なり、されど先後あり。

人の世に物あるも、それ勝手に動かず、そこに人の行為なる「事」あるが故に物が事に影響され変わり行き、物に事が触れることでまた事も変わる。

人の物への態度が人の物に対する行為（事）を左右し、その物を成り立たせるにも人の事（行為）を通じて手を加える必要あり。

自然界の事物をはじめ、物と事と己が分かれた人類の身体史はなく、それが人が人であることと関係する。
人の行為は事なる故に、常に問われているは其処なり。

この〝おわりに〟では様々な「もの」と「こと」「無さ、空っぽさ」について、一介の武術家が個人の経験をもとに書いてきたわけだが、それが世のため人のためになるかは私にはわからない。ただ、私は、そう感じ、そう観え、そう経験したことを記述しただけである。

そこに読者の皆が何かを感じてくれたり、思いを抱いてくれたりするのもいいし、また全く共感できなく何も感じなかったら、それはそれでもいい。わからないけど知りたい気持ちがあるならそれもいいし、わからないままで良い人もいていい。ただ、さらに知りたいなら、わかりたいなら、いつの日かお会いした時にここから続きの話しをしよう。

それでは〝おわりに〟の最後にあたり、各関係者に御礼の意を示したい。まずは、この共著が世に出るにあたって名越康文院長なくしては、今回のような内容を私から決して引き出してもらえなかったことは明らかで、その唯一無二の存在としての対談相手を承諾していただいたことに、改めてここで感謝したい。名越康文という対談相手なくしては、ここまで自分は引き出されなかったことは間違いない。

この書籍をまとめるに当たって尹雄大氏の今回の仕事ぶりには前代未聞の大役を成し遂げ

てもらった感がある。ご本人からも珍しく「今回ばかりは自分でも良くやったなと思います」との感想が洩れてきたほど大変な作業だったが、それを見事にまとめ上げた名ライター＆インタビュアーの実力にはあらためて多大な賛辞を贈りたい。

また、この原稿を読み、解説を書いてくださった甲野善紀先生は私と名越康文を引き合わせた張本人にして、私たちの話した内容を切り込むように読んでいただき、また内容的には甲野先生には失礼にあたるかも知れないようなところも寛容に受け入れていただいて、いつもながら言葉にならない感謝の気持ちしかそこには立ち上がってこない。

その甲野先生とのつながりから私や名越院長もお世話になっている野口整体こと整体協会、身体教育研究所所長の野口裕之所長には幾度となく本書にも登場いただいた。本書の内容から、私たちが多大な影響を野口裕之先生から受けていることは読者にも伝わったことと思う。また、その野口裕之先生からの流れで、私に近い世代の三代目の野口晋哉先生には、いつもお世話になっており、ここであらためて、野口裕之先生と野口晋哉先生に深く感謝の意を示しておきたい。

本書のテーマや内容と関係がなかったため、あまり触れられなかったお二人についても述べておきたい。私が日本の代表を務める韓氏意拳の体系の創始人にして師である韓競辰導師と、韓氏意拳および南北古今の多くの中国武術に関して博識のある香港の李天徳導師。両導師は、遠く離れた海の向こうからいつも私のことを見守ってくださっている。このことには感謝しかない。また、そのルーツとなる韓競辰導師の父であり、先代の韓星橋先師、その師である王薌齋先師には天上からも見守っていただいている感じがする。

そして最後に〝おわりに〟の一つ大きな鍵となった《百鬼夜行 麁正（荒真刀、あらまさ）》の大太刀を私に贈ってくださった加納良寛氏には太刀だけでなく、その太刀を通じて不思議な縁と力をいただいたように感じる。ここに、単なる感謝とかでは言い表せない何かがある。これから、この〝何か〟が何であるかを今の時代の疾風の中で知っていけたら、私がこの道に踏み入った理由も、私自身のなかで腑に落ちるかもしれないと感じている。

二〇二二年五月

光岡英稔

解説　畏友という存在

甲野善紀

本書は武術や武道、技芸の関係者だけではなく、広くさまざまな分野で自分が行なっている事と真摯に向き合っている人達に鋭く問いかける内容になっている。なぜなら本書は人が何かに思いを籠めて研鑽をしている時、自分の生死というものが心中にあったとしたら、その思いを籠めているものと本当に向き合えるだろうかという事を、いやが上にも思わざるを得なくなるからである。

本書は巻頭の第一章で「コロナが明かした時代の無力さ」という厳しい斬り込みで、現在もなおCOVID–19（新型コロナウイルス感染症）の感染に戦々恐々となっている人達に対して痛烈な言葉が主に光岡師範から発せられているが、私もまったく同感である。

武術・武道の関係者は元よりだが、例えば音楽家にしても感染症に怯えていて、本当に人々の魂を震えさせるような演奏が出来るとは私にはどうしても思えない。しかし、あらためて考えてみると、この感染症の問題はそれぞれの人の心の奥にあった本音を炙り出した。

通常は威厳があり、誰もが敬意を持った人の中にも感染症の恐怖はあったようだ。例えば、明治時代に一流の禅僧として知られていた円覚寺の今北洪川禅師ほどの人物でも山岡鉄舟居士の家を訪れた時、鉄舟居士の娘婿に当たる人物がコレラに罹って、山岡家で別室に隔離されている事実を、鉄舟居士から「老師、この家にコレラがありますよ」と聞かされると、「ほう、それは大変だ」と血相を変えてそのまま飛び帰ってしまったというエピソードが残っている。一流の禅僧の中にもこんなエピソードがあるのだから、一般の多くの人達にとって感染症は議論の余地がないほど恐ろしいものなのかもしれない。

しかし、本書の第四章で説かれているように武術は死生観を扱うものである。死はさまざまな理由で訪れる。当然感染症による場合も含まれる。ならば、この新型コロナウイルス感染症もその例外ではないだろう。

そして、この病への対応という事に関して、本書の中には私が最初に縁が出来、その後、この本の著者の御二人にとっても、ただならぬ深い縁が出来た野口晴哉先生を祖とする整体協会（近年は俗に「野口整体」と呼ばれている）の野口裕之先生と裕之先生の長男である野口晋哉先生の事がしばしば登場してくる。

この整体協会の身体に対する向き合い方が一般的に知られる整体とも大きく違うところは、病気に対して、その病気を通して身体の改革をしようというところである。例えば、ちゃんと罹って経過すると「はしか」は呼吸器を丈夫にし、耳下腺炎は生殖器の発達を促すということは、整体協会に深く関わっている人にとっては常識で、それは今回のCOVID–19の感染症に関しても言えることである。現に私の知人も罹患して、一時はかなり辛い症状だったようだが、解熱剤等は飲まずに経過させ、その結果、百四十あった血圧は百二十に、また麻痺していた右足に感覚が戻ったという。

さて、ここで野口裕之先生のお名前が出たところで「畏友」について語りたいと思う。私が畏友という言葉を聞くと、すぐ三人の方々の顔が思い浮かぶ。そして今回その三人の畏友の中の御二人が対談で本を出される事になった上、私にとってすぐに思い浮かぶもう一人の畏友が整体協会・身体教育研究所の所長である野口裕之先生であり、この三人の方々の御縁をつないだのが私という事もあって、本書の「解説」を私が書かせていただく流れになったのだが、その事が決まった時、本書のゲラを読まなくても二千字や三千字の「解説」はたちまち書けると気楽な気持ちでいた。しかし、本書のゲラを拝見して自分の浅はかさを思い知った。その理由は、本書が今まで光岡英稔師範が書かれたどの本よりも武術の、そして武術を通して見た人間の本質に深く斬り込まれた本となっているからである。「これはウカツな事は書けない」と肌に粟が生じる思いがした。

そして、本書を読んでいて、あらためて今から十九年前の二〇〇三年に私が当時主宰していた武術稽古研究会を解散し、私はただ一人の武術研究者となって縁のあった人に武術の指導をするというか、縁のあった人達と共に武術の研究をしていこうと決心した当時の事を思い出していた。

会を解散した理由はいくつかあったが、その中の特に大きな理由は「光岡英稔」という類稀な武術の才能と実力を備え、かつ人間的に見ても武術の指導者として桁違いな力量を持った人物と出会ったからである。つまり、これほど武術の実力と才能のある人物がここに存在する以上、私に縁があり、武術に情熱を傾けて学んでいる人達には、私に遠慮することなく、この類稀な実力も指導力もある人物に学びたい人は学べるようにしたい。ついては「私が会を解散してしまえば、何も私に気を遣うことなく、この『光岡英稔』という人物に学ぶことが出来るだろう」と思ったからである。そして、この時の私の判断が間違ってはいなかったと今にして思えるのは以前私が主宰していた武術稽古研究会の会員であった何人かが、現在、光岡門下の幹部として活躍されているからである。

さて、さきほど「畏友について語りたい」と述べたが、本書のゲラを読んだことで、この「畏友」という言葉の重さを思い知らされた。そのことは、本書の後半で光岡師範が私の武術の特性を語られているところで、私の中にずっと取り憑いている合気道の価値観を挙げられているところで感じた。

つまり、畏友というのは、ある種対等の関係であり、師弟関係とは違うということである。もちろん、畏友間でも互いに教えを乞うということはあるが、師弟関係とは決定的に違う関係であるのは、何かの課題、特にその人にとっての本質的な課題については、それを各自が自力で越えなければならないというか、その事について、ある程度の指摘はしても、それ以上手は差し伸べない、いや手を差し出すことは失礼に当たるということではないかと思う。そういう甘えない、甘えさせない関係が「畏友」と呼べる関係なのではないかと思う。

今から四十五年ほど前の一九七七年の秋、私はかねてから抱えていた合気道の稽古法に関する疑問と指導者のあり方への失望感が一気に津波のように押し寄せてきた、ある出来事に遭遇して、それを機に合気道を辞め、独自に武術を研究する道に踏み入る決心をした。そして一年後の一九七八年秋に松聲館道場を完成させ、武術稽古研究会を立ち上げた。

そこから不思議なご縁に導かれるようにして、思いがけない出会いを重ね、私の武術は大きく変貌していった。しかし「三つ子の魂百まで」の諺もあるように、私にとって初めて触れた武道である合気道の影響は私の中に色濃く残っている。また私がそもそも合気道という武道を始めたきっかけが、よくある「強くなりたい」といった理由ではなく、私が二十歳になる少し前からずっと考えていて二十一歳の春に気付いた「人間の運命は完璧に決まっていて、同時に完璧に自由である」という、私が「生涯変わらない」と確信した私の人生の根本思想を「感情レベルで納得できるようになりたい」という理由であったため、合気道的対応の場でちゃんと技が利くかどうかは問題だが、利きもしない技に「受け」が崩れるのではなく、技が技として利くならば、合気道的攻防の土俵を変える必要もないと思っていたことが、合気道を辞めた後もそのまま私の価値観になっていて、そこを現代では稀な「骨の髄までの武術家」である光岡師範は見逃さず、私の武術に関して鋭い感想を本書の中で述べられたのだと思う。

まあ、私が評価する私の技がかかりにくい人達がすべて粘る居着きタイプとは言えないと思うが、私の中にある基本的価値観が合気道的対応であることは確かで、その問題を自覚したからこそ私は合気道から出たのだが、それでもなおシッカリと私の足首は合気道に摑まれていたことを、本書のゲラを読ませていただいて、まざまざと痛感した。ただ、この問題の難しさ、根深さは「まざまざと痛感した」からといって、俄かに変えられるようなものではないことである。なぜならこの問題は「技や術理」といったものと違って、もっと根本的な、それぞれの人間が生きてきた、その人間なりの人生の背景があるからである。

そして、この事に関連するが、「合気道」という武道の存在意義は確かにある。合気道がなかったら、現在のように古流の武術への関心は高まらなかったと思う。もし競技化された剣道や柔道以外に広く多くの人達に知られる武道として合気道がなかったら、現在の日本の武術・武道界は、まるで違った状態になっていたと思う。それだけに合気道があった意味は大きい。ただ、そうした拡がりを持つ合気道だけに体系が曖昧で、上達の道筋が見えにくい。そうした合気道の問題を強く自覚して離れたはずの私にしてこうなのだから、普通に合気道を指導している人達に、なかなか合気道の抱えている根本的な問題を自覚することは難しいと思う。しかし、御縁のある方は是非一歩、いや一歩と言わず、さらに深く踏み込んでいただきたいと思う。

何しろ今は日本だけでなく世界中がCOVID−19の感染騒動に巻き込まれ「人間が生きるということはどうあるべきか」という、人間にとって根本的に重要な問題と向き合わざるを得なくなっていると思うのだが、そのことを自覚している人は少ないからだ。その事は、私がいま述べたような事をツイッター上にアップした際、「まあ、そういうことは、このコロナが落ち着いてから考えましょう。今はこの感染対策が最優先です」といった意味のリプライをもらい、愕然としたと同時に「ああ、これは現代人の意見を代表しているのだろうな」と思ったことにも表れている。

つまり、現代人にとって「人間いかに生きるべきか」という事は、趣味の一つのように思っている人が多数派で、そういう人にとっては人間という生物の在り様をさまざまな面から深く考え、例えば生物多様性の尊重や動的平衡といった自然界の働きを無視した現在のような感染対策を行なうという事そのものが「自分の生き方に反した行為である」という事を強く感じている人間がいるということ自体、理解出来ないのだと思う。

しかし、「とにかく命は大切だ」「生きているという事が他の何にも勝る価値なのだ」という主張の前には、誰も意見が言えないとしたら「世界史に残る思想や哲学はいったい何だったのか！」という事になるし、この考え方では人類が有史以来繰り返してきた戦争、つまり人間という同じ種同士が殺し合うという現象を取り扱いかねるだろう。

私は人間が戦争を繰り返してきた理由は、人間という他の生物に較べて知恵が突出して発達した生物にとって、互いに殺し合うという事は、知恵と工夫で天敵に対処してきた人間にとって「互いが天敵とならざるを得ない」という宿命のような、いわば「業」だと思う。

天敵という、それぞれの種に必ずといっていいほど存在するものは、それぞれの種の増え過ぎを抑制するという意味では、その種にとっても必要な存在であると言える。生物それぞれの種の増え過ぎの調整は、天敵と感染症である。そうした事をずっと考えてきた私にとっては、COVID–19のような感染症が拡がっても「戦争で人間同士が殺し合うよりは、まだマシだろう」と思うから、感染対策は、ほぼしない派なのである。

そうした事についても本書は深く斬り込んでいる。私は光岡英稔師範と初めて出会ってから二十八年、親しく交流するようになって二十年ぐらい経っているが、光岡師範がこのような武術のバックにある思想面についても、本書で述べられているほど深く考えられている事を知ったのは、ここ数年前あたりからである。

それこそ、人間が地球にどうやって発生し、どのような進化を遂げ、今日に至っているのかについても光岡師範なりに考察されていて、そのことは本書の中でも触れられている。

そして、本書の小見出しに「心と感情」「感情の基盤となる性」といった項目が並んでいるように、精神科医それも名越康文院長のような願ってもない対談相手を得て、光岡武学の考え方は人間そのものの存在について、かつてないほど深く、そして多方面から論じられている、私もこの「解説」を書くため、国書刊行会の編集者の伊藤嘉孝氏から送られてきたゲラを二つ折りにして三部に分け、それを和綴じ風に製本して読み込んで、この稿を書いた。今ここからさらに本書の内容について書き始めると、数万字を要することになりそうだし、これ以上、私が本書の内容について語るよりも、この本を読まれる方が、本書から何をどう読み、どう感じられるかはお任せすべきだと思うので、私が本書について語るのは、この辺りまでとしたい。

ただ、最後に付け加えたい事は、それにしても、よくもまあこのような本が出来たものだという感嘆の思いだ。このような本が出来た一番の功労者は名越康文・名越クリニック院長だと思う。名越院長の柔らかな奈良弁の入った喋りは、その人の本音を自然と引き出す魔力があったのだろう。私も御縁が出来て、もう三十年ぐらいになるが、巧まずして生まれることのカウンセリング術の妙には、今まで何度も感嘆させられてきたが、今回はあらためて唸らされた。

そして本稿を纏められた尹雄大氏の苦心も労いたいと思う。また、本書の刊行を祝うような品が私が熊本で講習会を行う折りお世話になっている加納良寛氏より光岡英稔師範に、この「解説」を書いている時に贈られたようで、その奇縁も本書のただならなさを現しているように思われてならない。

構成・編集協力　尹　雄大

【略歴】
光岡英稔（みつおか・ひでとし）
1972年、岡山県生まれ。空手、柔道、古流柔術、合気柔術、剣術、中国武術、気功などを学ぶ。19才で武術指導のためハワイへ渡米し現地の武術家達と交流をする。2000年に日本へ帰国し武術指導を始める。2003年２月、中国武術の精髄といわれる意拳の創始者、王薌齋の高弟であった韓星橋先師と、その四男である韓競辰老師に出会い日本人として初の入室弟子となる。現在、日本における韓氏意拳に関わる指導・会運営の一切を任されている。また2012年から『文化の実践としての武の探究』を深める為に国際武学研究会（I.M.S.R.I.International martial studies research institute）を発足し、伝統武具の用い方などの研究を進めている。日本韓氏意拳学会、国際武学研究会代表。著書に『身体の聲―武術から知る古の記憶』（PHP 研究所）、『武学探究―その真を求めて』（冬弓舎）、『武学探究―巻之二』（冬弓舎）（以上、甲野善紀氏との共著）、『荒天の武学』（集英社新書）、『生存教室　ディストピアを生き抜くために』（集英社新書）（以上、内田樹氏との共著）、『退歩のススメ　失われた身体観を取り戻す』（晶文社）（藤田一照氏との共著）など。

名越康文（なこし・やすふみ）
1960年、奈良県生まれ。精神科医、歌手。相愛大学、高野山大学、龍谷大学客員教授。専門は思春期精神医学、精神療法。近畿大学医学部卒業後、大阪府立中宮病院（現：大阪精神医療センター）にて、精神科緊急救急病棟の設立、責任者を経て、1999年に同病院を退職。引き続き臨床に携わる一方で、テレビ・ラジオでコメンテーター、映画評論、漫画分析など様々な分野で活躍中。著書に『「鬼滅の刃」が教えてくれた　傷ついたまま生きるためのヒント』（宝島社）、『SOLOTIME～ひとりぼっちこそが最強の生存戦略である』（夜間飛行）『【新版】自分を支える心の技法』（小学館新書）『驚く力』（夜間飛行）ほか多数。「THE BIRDIC BAND」のヴォーカル・作詞／作曲者として音楽活動にも精力的に活動中。会員制動画配信チャンネル「名越康文TV シークレットトーク」も好評配信中。
https://yakan-hiko.com/meeting/nakoshitv/index.html-top

感情《かんじょう》の向《む》こうがわ
——武《ぶ》術《じゅつ》家《か》と精神《せいしん》科《か》医《い》のダイアローグ

2022年6月17日初版第1刷印刷
2022年6月24日初版第1刷発行

著者　光岡英稔
　　　名越康文

発行者　佐藤今朝夫
発行所　株式会社国書刊行会
〒174-0056　東京都板橋区志村1-13-15
TEL.03-5970-7421　FAX.03-5970-7427
https://www.kokusho.co.jp

装丁者　細川華世（ホソカワデザイン）
印刷・製本所　三松堂株式会社

ISBN 978-4-336-07341-9 C0075